KB260670

송홍만 제16시집

그 있는 것,

그 있는 줄로
알고 있는 것까지도

한누리미디어

국립중앙도서관 출판시도서목록(CIP)

그 있는 것, 그 있는 줄로 알고 있는 것까지도 : 송홍만 제16시집
/ 지은이: 송홍만. -- 서울 : 한누리미디어, 2012
    p. ;   cm

ISBN 978-89-7969-434-5 03810 : ₩8000

한국현대시[韓國現代詩]

811.7-KDC5
895.715-DDC21   CIP2012004885

　　송홍만 시인의 글은 깔끔하면서도 깊이가 있어서 우리에게 큰 감명을 주곤 합니다. 이번에 출간되는 《그 있는 것, 그 있는 줄로 알고 있는 것까지도》라는 시집도 영적인 깊이가 있어서 우리의 영혼을 뜨겁게 울릴 것으로 생각됩니다.

　　구절구절 시냇물 흘러가듯 하며 더욱이 리드미컬하기 때문에 읽어질수록 신나고 상쾌하기 그지없습니다.

　　물론 저자가 신학자는 아니지만 성서를 쉽게 재해석하는 말씀을 대할 때면 그의 깊은 영성에 절로 감탄이 나오게 됩니다.

　　도대체 얼마를 읽고, 얼마를 묵상하였기에 이렇게 "영감 넘치는 글이 나올 수 있단 말인가" 하고 놀랄 때가 많습니다.

　　알다시피 주의 말씀은 갈(渴)한 우리에게 생명수요, 주의 말씀은 지친 우리에게 생명의 양식일진대, 이번에 나오는 시집도 세속에 때묻은 우리의 마음을 정화시키고, 지친 영혼에게 새 힘을 주리라고 믿습니다.

　　읽고 또 읽어 믿음 성장, 영적인 진보가 있기를 두 손 모아 기도 드립니다. 할렐루야!

2012. 10. 14

기독교 대한감리회 수원제일교회
담임목사 이 정 찬

  '시(詩)는 사람에게 감흥을 돋우게 하고, 모든 사물을 관찰하게 하며, 여러 사람과 어울려 화락하고, 은근하고, 점잖게 정치를 비판도 한다.'

  (詩 可以興 可以觀 可以羣 可以怨－論語 陽貨篇)

  태풍으로 삶의 터전이 부서진 여러분께서 하루 속히 회복하여 희망찬 내년을 맞이하기를 두 손 모아 소원하며, 이른 비 늦은 비를 제때에 내려주시고, 다시는 태풍이 오지 않기를 기원합니다.

  '전하여 오는 것을 이어 받아 썼을 뿐 새로 짓지는 못하였으며 옛것을 믿고 좋아했다.'

  (述而不作 信而好古－論語 述而篇)

  그래서 여러분의 상상의 나래를 펴는 데 조금이라도 도움이 되었으면 하여 출처를 거의 다 밝혔습니다.

  분에 넘치는 추천사를 주신 담임 목사님에게 깊이 감사합니다. 엮어 주신 한누리미디어 김재엽 사장님께 감사의 말씀을 드립니다. 주신 은혜 감사하여 추수감사절에 내어놓습니다.

  감사합니다.

2012. 10. 20

송홍만 올림

차례 Contents

차례 Contents

12

차례 Contents

그 있는 것,

그 있는 줄로 알고 있는 것까지도

뭇아비들

―제15시집을 내어 놓으며

백 명의 아이를 한 번에 순산(順産)하고
살펴보니 사생아(私生兒)지만, 또렷또렷하다.

몸을 풀며 걱정이다
이번에도 반겨줄지 아닐지 아비들이.

준수(俊秀)하게 커가는 모습 즐기며
홀어미의 외로운 길을 걸어가야지

너로 인해 잉태한 한 수(首) 한 수(首)
지금은 모른다 해도 더러는 알게 되리라.

이 산마루 저 모퉁이 지나노라면
문득 그 일 떠올라

뭇아비들 언젠가는
인지(認知)해 줄 테니까.

(2011. 12. 3)

잘 익은 연시를 보니

이른 새벽 잠 깨어 창문을 여니
하늘 한가운데 둥근 달이 차갑다.

책상 위에 잘 익은 연시(軟柿)를 보니
앞집 할머니의 손길 따스하다.

늦가을 어머니는 장준(長蹲)을 앉혀 익힌 홍시(紅柿)를
말 타고 온 타작관(打作官) 앞에 정성껏 대접을 하셨다.

한겨울 밤, 할머니는 목판(木板)에 담아
두서너 개를 내게만 주셨다.

이 일 저 일 생각하다 보니
선뜻 먹지를 못 하고 있다.

(2011. 12. 10)

*타작관 : 마름을 높여 부르는 말. 조선 말에 지주(地主)의 위임을 받아 소작지(小作地)를
관리하였는데, 수확량뿐만 아니라 대접하는 태도까지 살폈기에, 잘못 보이면 소작을 못
하게 도어 그 행패가 심하였다.

아름다움

보이는 것만
아름다움 아니다.

생각만 해도
아름다운 것이 있다.

추함 속에 남아 있는 여백(餘白)
상처 속에 의미(意味) 있는 새 살

세월 따라 떠나간 빈 가지에
새해를 기다리는 어린 싹

다 떠났다 싶을 때
새롭게 시작하는 모습

그쳤다 했을 때
이어져 울리는 여운(餘韻)

(2011. 12. 14)

18

원망하는 것은

사랑하는 사람을 원망(怨望)하는 것은
기억할 일은 잊고,
잊어야 할 것은 기억하기 때문입니다.

'원망은 원망한다고 진정되지 않고
원망을 잊어버려야 가라앉는다' [1]

고기 가마 곁에 앉아 배불리 먹던 일은 기억하면서
고향 아버지의 간절한 부르심과
비참한 종살이는 잊었던 이스라엘 자손 [2]

보슬비같이 내려주신 은혜(恩惠)는 잊고서
잃어버린 것,
잠시 어려움만 기억하는 우리

생명수 흐르는 새 하늘과 새 땅을 예비하신 [3]
임의 깊은 뜻
너무나 모르기에 원망하는 것입니다.

(2011. 12. 18)

1) 불경 법구경(法句經)
2) 출애굽기 16:3, 민수기 11:1-9
3) 요한계시록 21:1-4, 22:1-5 묵상하면서

내포 막걸리

첫 잔은 맛보며, 다음 잔은 추억 더듬으며,
셋째 잔은 취하며 마신 '내포 막걸리'

가야산(伽倻山) 앞뒤에 열 고을, 내륙(內陸) 마을
충청도에서 가장 살기 좋은 마을, '내포(內浦)'*

오서산(烏棲山) 내린 이슬 스며들어 솟아나는 샘
가야산(伽倻山) 맑은 기운 받아 빚은 '내포 막걸리'

묘를 옮겨 아들 손자 황제 오른 남연군 묘를 지나
가야산(伽倻山) 석문봉(石門峰)에 올라 둘러본다.

백제의 미소 서산마애삼존불, 개심사(開心寺)
태안 백화산 마애삼존불, 해미읍성

임존성이 있는 봉수산(鳳首山)
무한천 길게 흘러 삽교천과 만나 아산만으로 들어가고

백제 고찰 수덕사 품은 덕숭산, 충청 금강 용봉산,
홍성의 진산 월산, 정암사 품은 오서산.

송홍만 제16시집

산이 트이면 넓은 들이 시원스럽고
막히면 아늑한 운치에 걸음이 멈춰진다.

무한천 따라 번성했던 교역의 중심지
예덕상무사(禮德商務社),

'예산 가서 옷 잘 입은 체하지 말고
홍성 가서 말 잘 하는 체하지 말라.'

봉산면 화전리 백제시대 사면석불(四面石佛)
삽교 덕산벌 한눈에 들어오는 삽교석조보살입상

낮은 언덕 굽이치는 아름다움 속에 살아온 사람들
부드럽고 친근하지만,
타고난 명(命)을 다하지 못할 망정
의(義)를 다하신 분들 이 땅에 이어져 태어나셨네

용봉산 기슭 최영(崔瑩) 장군,
노은등(魯恩洞) 외가에서 사육신 성삼문(成三問),

호령으로 조선 총독의 기를 꺾은 만공(滿空) 스님
시인이며 독립운동가 만해 한용운(萬海 韓龍雲).

청산리에서 일본군을 대파한 독립군 총사령관
백야(白冶) 김좌진(金佐鎭) 장군

상해 홍구공원에서 일본 최고사령관 시라카와(白川義則)
폭사시킨 윤봉길(尹奉吉) 의사(義士)

끝없이 이어지는 산줄기, 물줄기, 사람줄기, 정겨운 사랑줄기
내포 땅 사람들의 친근한 동향의식(同鄕意識)

그 마음 그 손으로 정성껏 빚은 술, '내포 막걸리' 석잔 술에
동지섣달 긴긴 밤을 잘 자고 일어났네

(2011. 12. 20)

*내포 열 고을 : 홍주(지금은 홍성), 결성, 해미, 태안, 서산, 당진, 면천, 덕산, 예산, 신창.

22

함께 올리는 기도

헤아릴 수 없는 사랑으로
우리를 감싸주시고 계신
거룩하신 하나님 아버지!

낮은 산, 좁은 들, 망망한 바다뿐인 거칠고 메마른 땅에서
바라볼 것 없는 하루하루 살고 있는 어린 가슴에 불덩이 넣어주서
따스한 어버이 곁을 떠나 낯선 땅에서

별빛 코며 일하고, 달빛 보며 공부하는 손과 발에 힘을 주시더니
마침내 사랑의 줄로 재어준 아름다운 일터,
영원한 기업을 누리게 하여 주시고

암사슴 같은 아내와
믿음직한 아들 손을 잡고 살게 하여 주신
고마우신 하나님 아버지!

아들의 연약한 몸과 마음을
오른 손으로 굳게 잡아주시옵소서
지난 날에 아비의 손을 잡아주신 것과 같이.

백발이 된 부모가
이제 바랄 것은
오직 이것뿐입니다.

이 모든 말씀을
우리를 사랑하고 계신
예수 그리스도의 이름으로 감사하며 기도합니다. 아멘

송홍만 김민자 송일면

(2012. 1. 8)

파를 다듬으며

초가을 강원도 사둔 댁에서 보내준 파를
아이스박스에 심어 파란 잎을 뜯어 먹고
이제 밑동을 다듬는다.

아내는 칼로 말라 붙은 밑뿌리 잘라내고
마른 껍질을 찢어내고 남은 하얀 밑동이
늙은 우리와 같다며 표정을 숨긴다.

잔뿌리는 말라 없고 밑동은 가죽만 남아 있다.
검은 머리 파뿌리가 된 아내와 나는
아직 이 모습은 아니지만 마음이 쓸쓸하다.

(2012. 1. 8)

빨래를 개며

동지섣달 긴긴 밤
초저녁잠 깨면 할 일이 없다.

빨랫대에 마른 빨래를 개며
마침 '가요무대'를 보며 들었다.

한 사람 한 사람 히트곡을 들으며
구겨진 빨래를 손으로 펴가며 개었다.

타고난 음치(音癡)가
느낄 만큼 느끼나 보다.

들려주는 노래 정겨워 흐르는 눈물
하얀 빨래에 사연(事緣)을 수(繡)놓는다.

(2012. 1. 9)

송홍만 제16시집

주머니 돈 세지 마라

할머니와는 달리, 말씀이 적으신 어머니의 말씀
"주머니에 돈 세지(count) 마라."

그 동안 지켜는 왔으나, 연유(緣由)는 아직도 모른다.
센다고 줄어들지 늘어나진 않는다고 하셨는데.

밖에서 놀다가 길쌈하시는 어머니에게 뛰어 들어가면
얼싸안아 주시며 동전 한 푼을 주셨다.

받아서는 장롱 자물쇠 틈으로 넣곤 했는데
예닐곱 살 때 어머니는 농을 열고 무엇인가 찾으시었다.

가득할 줄 알았던 동전이
몇 푼 되지 않아 빙긋이 웃었다.

(2012. 1. 10)

복 받는 순서

겸손(謙遜)한 마음을 가지면
복된 집 문(門) 안에 들어서고

그 문(門)을 들어가면
죄(罪)를 뉘우치며 애통(哀痛)해지고

마음이 온유(溫柔)해지며
의(義)를 찾게 되고

긍휼(矜恤)을 베풀게 되고
마음이 청결(淸潔)하게 되며

사람들과 화평(和平)해지며
의(義)를 위해 핍박(逼迫)을 감수(勘收)하게 된단다.

(2012. 1. 11)

*마태복음서에 팔 복을(산상설교 마 5:1-12) 서로 연관지어 본 것. 이상근 지음 주석서에서
옮겼음.

28

봄이라면

봄(春)이라면 다 두고 이름만 와도 좋다
산 넘어오는 따스한 입김
살며시 꽃피우는 웃음

봄이라면 다 두고 이름만 와도 좋다
아침이슬 너울도
아끼던 꽃신도

봄이라면 다 두고 이름만 와도 좋다
입어도 등허리 썰렁하고
힘내어 걸어도 종아리 오싹하여

봄이라면 다 두고 이름만 와도 좋다
불러만 봐도 따스하기에
생각만 해도 정겹기에

(2012. 1. 12)

머리 쓰다듬어 주며

좁은 성(城)길 걷다가 어린이에게 길 피해 주니
안녕하세요 배꼽인사를 한다.
머리 쓰다듬어 주며, 등 두드려 주고 싶다.
착한 마음 그대로 자라 주길 바라며.

계단으로 산길 내려오며 마주친 어린이에게 길 피해 주니
할아버지 고맙습니다 인사를 한다.
머리 쓰다듬어 주며, 등 두드려 주고 싶다.
소나무와 같이 푸르게 자라 주길 바라며.

건널목 길 건너는데 어린 학생이 뒤따라오며
더딘 발걸음 조심스럽게 보살펴 준다.
머리 쓰다듬어 주며, 등 두드려 주고 싶다.
하늘같이 넓고 맑게 되어 주길 바라며.

(2012. 1. 14)

30

어딘가 자라고 있겠지

이리면 이러려니 저러면 저러려니
이렁저렁 살려는데 때로는 힘이 든다.

때가 되면 다소곳이 피는 들꽃 한 송이
그윽한 향기로 나라 안을 향기롭게 하고

하늘나라 북촌에 제자리 바르게 지키는 북극성
뭇별들이 절하며 좇는데*

바른 자리 지키는 북극성,
낮은 곳으로 흐르는 맑은 물

보고 듣고 자란 금강송(金剛松)
어딘가 자라고 있겠지

(2012. 1. 18)

*덕으로써 다스림은 마치 북극성이 제자리에 있으되, 여러 별들이 한결같이 절하고 좇음
　과 같으니라.(爲政以德譬如北辰 居其所 而衆星共之－論語 爲政篇－孔子)

나라 걱정

숙지산(熟知山) 오르내리다
앉아 쉬는데
숲 속에서 뻐꾸기 소리 반갑게 들린다

봄보다 앞질러 왔기에 반가워
그 모습을 두루 찾고 있는데
울음소리 들려온다

자세히 들어보니 '구국구국 구 구국' (救國救國 救 救國)
분명하다
'나라를 구하라 나라를 구하라 구하라 나라를'

몸은 늙어 지팡이 의지하며 걷고 있으나
애국영령(愛國英靈) 세우신 나라
걱정되는 나라

(2012. 1. 20)

32

꿈보다 해몽이 좋다더니

지리산 종주(縱走)를 하고 와서
그런 줄 알았으면 힘들게 연습 안 할걸

뇌경색(梗塞)이 되고 나서
등산을 무리하게 했나 봐

연습을 세게 했기에 종주가 쉬웠고
등산으로 단련했기에 중풍이 신호 정도야

주변 사람들이 일러준다.
꿈보다 해몽(解夢)이 좋다더니.

모든 일은
마음먹기에 달렸구나
(一切唯心造)*

(2012. 1. 21)

*화엄경(華嚴經)에서

떠오른 말씀

몸은 늙어 백발이나 나라일 걱정되어
기도 드리다 떠오른 말씀

'악을 행하는 자들로 불평(不評)하지 말며
분(忿)을 그치고 노(怒)를 버려라
오히려 악(惡)을 만들 뿐이라.' [1]

'모든 권세(權勢)는 하나님께서 정하신 바라' [2]
'임금들과 높은 지위에 있는 모든 사람을 위하여
간구(懇求)와 기도(祈禱)와 도고(禱告)와 감사를 하라' [3]

'권세를 거역(拒逆)하는 사람은
하나님의 명을 거역하는 것이요
이 사람은 심판을 받을 것이다.' [4]

'그대들의 조상(祖上)의 일 잊지 않으려면
항상 덕(德)을 닦아 키워야 하며
천명(天命)을 받들어 행함으로써
스스로 많은 복(福)을 구할지어다.' [5]

'하늘의 뜻을 순종하는 자는 살고
하늘의 뜻을 거역하는 자는 망하리라.' [6]

정의(正義)가 강물같이 흐르고
젖과 꿀이 흐르는 땅을 사모(思慕)하며
뜻이 하늘에서 이루어진 것같이 땅에서도 이루어지길 [7]
기도할 뿐, 기도할 뿐이로다.

(2012. 1. 31)

1) 시편 37편 1절과 8절 말씀 중
2) 로마서 13장 1절 말씀 중
3) 디모데 전서 2장 1절과 2절 말씀 중
4) 로마서 13장 2절 말씀 중－표준 새번역
5) 시경(詩經) 대아(大雅) 문왕지습(文王之什) 문왕(文王) 중 주(周)나라 문왕을 칭송한 시
　　(무념이조 율수궐덕 영언배명 자구다복 無念爾祖 聿修厥德永言配命 自救多福)
6) 순천자존 역천자망(順天者存 逆天者亡)－명심보감(明心寶鑑)－공자(孔子)
7) 마태복음 6장 10절 말씀 중

얼음 꽃

오늘도 추운지 창문을 여니
유리창에 피어있는 얼음 꽃

간밤 꿈속에 주고받은
아름다운 이야기로 피어난 얼음 꽃

찾아와 문 두드리다가
고스란히 유리창에 피어난 얼음 꽃

곱게 피어난 너에게 손 내미니
손끝에 당장 피어난 얼음 꽃

마음이 고우면
얼어붙어도 피어나는 얼음 꽃

(2012. 2. 3)

*얼음 꽃 : 빙화(氷花). 육방정계(六方晶系) 침상(針狀)의 새하얀 꽃 모양.
식물 등에 수분이 결빙(結氷)하여 흰 꽃처럼 된 현상

예수님은 눈(雪)을 보시며

눈 덮인 산길을 걷는다
따뜻한 날씨는 손을 잡아주며
겨울나무들 웃음인사를 한다

예수님은 눈(雪)을 보시며
무슨 말씀하여 주실까
세상의 소금이라 하신 주님*

'너희는 세상의 눈(雪)이니
만일 흰빛과 차가움을 잃으면
무엇으로 순결(純潔)하고 냉철(冷徹)하리요

후에는 아무 쓸데 없어
다만 녹아져
흙탕물이 되어 땅으로 스며들 뿐이니라.'

하실 것만 같다.

(2012. 2. 4)

*마태복음 5장 13절 말씀

노인이 할 일은

혹독한 추위 물리치고 조용히 찾아온 입춘(立春)
대문에 비스듬히 종이 두 장 붙어 있었지

"입춘대길(立春大吉)"
"건양다경(建陽多慶)"

봄이 시작되니 크고 좋은 일 많이 생기고
따스한 기운이 감도니 경사로운 일
많이 있기를 기도합니다.

따뜻한 봄이 시작되는 입춘(立春)에
노인들은 예부터 써 붙이고
젊은이는 즐겨 따랐다.

언제부턴가
이 좋은 풍습은 사라지고
제 잘난 체만 하건만

그래도 늙은이가 할 일은
이 한 마디 전하여

옛 어른의 말씀을 순종함이로다.

(2012. 2. 4)

* 건양(建陽)은 고종 33년(1896) 음력 1895. 11. 17을 양력 1896. 1. 1로 정하여 양력을 함께
  사용하면서 연호(年號)로 사용하다가 1897. 8 폐지하고, 다시 광무(光武)로 사용하였던
  연호이지만, 여기서는 따뜻한 양(陽)의 기운(氣運)이 왕성(旺盛)하게 선다는 의미임.

그 있는 것, 그 있는 줄로 알고 있는 것까지도

눈 덮인 산길을 걸으며

앙상한 나무들 사이로
허연 속살 다 내어놓은
눈 덮인 산길을 지팡이 짚고 걷는다.

어느 화백(畵伯)의 설경산수화(雪景山水畵)를
오늘은 몸과 마음으로 보려고
그림 속으로 걸어 들어간다.

세상이 싫어서가 아니오
내 마음이 아파서도 아니고
밝고 큰 길을 찾으려는 것은 더더구나 아니다.

어디 가느냐 묻는 이 있으면
스님은 지팡이로 백운(白雲)을 가리켰지만*
오늘 나는 무엇을 가리키며 말 아니 할까

(2012. 2. 4)

*참고 : 물 아래 그림자 지니 다리 우희 중이 간다
　　　저 중아 게 섯거라 너 가는 데 무러 보자
　　　저 중이 손으로 백운을 가르치며 말 아니 터라.
　　　　　ㅡ정철(鄭澈, 1536~1593) 지음

이어지는 잠꼬대

"내 영혼이 은총 입어 중한 죄 짐 벗고 보니"
이 소리에 잠이 깨어

"주 예수와 동행하니 그 어디나 하늘나라"
마저 부르고서야 잠꼬대인 걸 알았다.

젊어서는 내 잠꼬대 소리에
내가 놀라 잠이 깼는데

늙으니 내 잠꼬대 듣고서도
잠꼬대를 이어 하고야 깨는구나

늙어 좋은 일도
있기는 있구나

(2012. 2. 9)

*찬송가 438장 내 영혼이 은총 입어

금성을 바라보며

초저녁 서쪽 하늘에 유난이 빛나는 별,
금성(金星)을 바라본다.

해진 뒤 서쪽 하늘에 보이면
'개밥바라기'
해뜨기 전 동쪽 하늘에 보이면
'새벽 별' '샛별' '계명성(啓明星)'

아프로디테(Aphrodite)[1]
비너스(Venus)[2] 여신(女神)

할머니는 '개밥바라기' 지기 전에 개밥 주라 하시며
시아주버니 앞에서 방귀 꾸어 무안해 양 볼이 붉다 하셨지

'새벽 별'은 어둠을 거두고 밝은 아침을 여는 별

세존(世尊)(싯다르타)께서는
'무지(無知)가 사라지고 바른 지혜(智慧)가 생겼으며
어둠은 사라지고 광명(光明)이 비추었다.'[3]

주님(예수님)께서는

'나는 다윗의 뿌리요 자손이니 곧 광명한 새벽 별이다.' [4]

'개밥바라기' 보고 나면 밤새껏 아름다운 꿈에 안기고

'새벽 별' 보고 나면 진종일 기쁜 마음 옷을 입는다.

(2012. 2. 13)

1) 그리스 신화
2) 로마 신화
3) 세존(世尊)께서 네란자라강(尼連禪江)이 내려다 보이는 숲 보리수(菩提樹) 아래 단정히
   앉아 새벽 별이 하나둘 돋기 시작할 때 모든 이치(理致)를 깨닫게 되었다.
4) 예수님께서 자신을 '새벽 별' 이라 하심.(요한계시록 22장 16절 말씀)

장 담그는 날

어릴 적에 장(醬) 담그는 날이 정해지면
아버지 어머니 형수님 누님 모두 분주하셨다.

올해는 집사람이 외손자 산바라지로 바빠서
사온 메주를 털고 닦고 햇볕에 말리며 주변을 정리하였다.

집사람은 흰 소금을 자루에 넣어 물에 녹이고
두 항아리에 메주, 고추, 숯, 대추를 넣었다.

메주 향기에 당장 된장찌개, 된장국, 된장 쌈 군침이 도니
대대로 물려주신 조상님의 깊은 지혜 감사하다.

세 딸들은 장 담그는 것을 모르니
장 담그는 날 찾아와 배웠으면 좋겠다.

(2012. 2. 16)

*외손자는 윤지혁(尹志奕, 2011. 12. 18 생)

44

나 비록 좁은 방안을 걸어도

밤이면 한잠 푹 자지 못하고
나 비록 좁은 방안을 걸어도 기쁘다.

방보다 더 좁은 내 마음 속에는
높은 하늘, 넓은 땅과 바다가 있다.

창문을 열면 보이는 것
마음을 열면 찾아오는 것

높은 산길, 넓은 들길, 좁은 시골길
걷던 길 걸으며 즐거워 웃는다.

하늘에는 별들이, 땅에는 추억이 빛나
내 마음은 즐겁고 기쁘다.

(2012. 2. 18)

그 있는 것, 그 있는 줄로 알고 있는 것까지도

복된 자 감사하자

얼음장 아래 흐르는 물
산마루 위 지나는 구름
오늘도 반겨주는데

오는 사람 가는 사람
말 한 마디 없이 지나가도
누군가 정자에 남겨놓은 글

"가진 자 나누고
누린 자 봉사하고
복된 자 감사하자."

살펴보면
어디에나 복된 말씀
감사할 뿐이로다.

(2012. 3. 1)

46

우리 집 꽃밭에는

우리 집 꽃밭에는
크게 자라 어린이 집 다니는 두 살배기
하루가 다르게 자라는 세 달배기
두 포기가 지혜롭게 자라고 있어요

큰 아이는 선생님이 가르쳐 주신 대로
작은 아이는 하나님의 손결 따라
백발의 외할아버지 외할머니는
이른 새벽부터 온종일 기뻐 웃어요

아무리 고운 꽃이라 해도
어찌 말을 하며 웃으랴
지음 받은 그대로 그 형상 그대로
착하고 맑게 지혜롭게 자라다오

(2012. 3. 12)

*두 살배기는 외손녀 임연희(2010. 1.4), 세 달배기는 외손자 윤지혁(2011. 12. 18).

즉석인사(卽席人事)

중책지명(重責指名)을 받으며
즉석인사를 했다.
태어나 자란 집터에 모인 많은 사람들 앞에서.

'아래 위 똑 같은 나무토막의 밑동은
물에 띄어 보면 알 수 있다' 고
어느 중신(重臣)의 노모가 풀어낸 지혜

어려운 나랏일에
온 국민의 지혜를 모으며
웃어가며 풀어 나가는 길을 걸어가겠다고.

평생 원한 바 없는 꿈을 꾸다니
개꿈은 분명한데
너무나 선명(鮮明)하구나.

무슨 때만 되면 목소리 높이며 나서는 이들
숨은 그림자를 알아보는 노인들의 지혜
하늘과 산을 보다 먼저부터 알고 있단다.

(2012. 3. 16)

송홍만 제16시집

삶은 달걀

오후에 뒷동산 오르내리고, 초저녁 곤히 자고 깼다.
책상 위 목판(木板)에 삶은 달걀 댓 개를 오랜만에 보았다.

원족(遠足) 가는 날이면 김밥, 삶은 달걀, 삶은 밤 싼 보자기
허리춤에 질끈 매고 바지저고리 맨발에 고무신 신고 나섰다.

읍내 아이들은 배낭에 통조림, 과자, 사탕, 사이다, 물병 넣어
양복 입고 모자 쓰고 운동화 신고 선생님 가까이 따라 걸었다.

하늘소, 솔새, 물고기 잡아 흰 구름, 돛단배 바라보며
시원한 바람 고마운 향기 함께 즐겼다.

십여리 길을 오가며 이야기 나눈 구름, 나무, 새
생각만 해도 언제나 즐겁다.

이 일 저 일 생각하다 보니
달걀은 두서너 개 남았는데 자정(子正)이 가깝구나.

(2012. 3. 18)

산신령의 눈

광교산 산마루에는 흰 눈이 빛나고
파란 하늘 흘러가는 흰 구름 더욱 아름답다.

도토리묵 할머니는 춥다고 집안으로 이끌어
난로에 장작을 뒤집어 불길 돋우신다.

햇살 사이로 가볍게 날라 빛나는 눈(雪)
실낱 같은 아쉬움 품고 지나간다.

비로 내리면 '여우비' 라 했는데,
'여우눈' 이라 부르기에는 곱지 않구나

광교보리밥집 사장님은
'산신령의 눈(雪)' 이라신다.

산신령(山神靈)이 내려주시는 곡식, 나물로
맛있는 보리밥 지으며 살아오신 분의 말씀답구나.

(2012. 3. 24)

*광교보리밥 사장 : 이필성님임

잊으려면

잊으려면
애써 잊으려 하지 마세요

냇물을 둑으로 막으면
끝내는 터진답니다.

생각이 나면
그대로 흘러가게 하세요

힘이 들면
이것 저것 열중(熱中)해 보세요

세월이 흘러간 뒤에는
다 가라앉아 버린답니다.

원망을 말아요,
고마워도 말아요

잊어야 할 것을
기억하게 된답니다.

(2012. 3. 31)

나 그래도 좋은 때 살아왔다

빼앗긴 땅에 태어나
어른들은 채찍에 시달리며
서러움 고스란히 간직하시고도
되찾아 주신 나라에서 자랐다.

열강(列強)을 의지하고 동족끼리 전쟁 속에 자랐으나
다른 나라를 믿어서는 아니 되며
조상(祖上)의 거룩하신 얼을 지니고
새나라 이루려는 다짐 굳어졌다.

춥고 배고픔 속에 살았지만
예의범절(禮儀凡節) 아름답게 피어나고
주신 대로 감사하며 살아오고
힘쓴 만큼 인정(認定) 받으며 살아왔다.

(2012. 3. 31)

새벽에 보름달을 보며

이른 새벽 창문을 여니 하늘은 맑고 날씨는 차가운데
서쪽 하늘에는 삼월 보름달이 더욱 맑고 밝다.

어릴 적에는 초저녁 동쪽 하늘에 둥근 보름달
할머니의 옛날 이야기 술술 이어져 나왔다.

젊어서는 하늘 한가운데 둥근 보름달
가슴 가득한 그리움 둥글둥글 굴러갔다.

오륙 십에는 가끔 술잔도 나누던 보름달
기쁘고 즐거움을 주거니 받거니 했다.

칠십 중반에는 새벽 두서너 시에 너마저 추워 보이나
귀한 말씀 속에 혼자 흐뭇함 더불어 즐긴다.

"알기단 하는 사람은 좋아하는 사람만 못하고,
좋아하는 사람은 즐기는 사람만 못하다."

(2012. 4. 6)

*지지자 불여호지자 호지자 불여락지자
 (知之者 不如好之者 好之者 不如樂之者─論語 雍也篇)

아버지의 마음

백일도 안 되어 보이는 고사리 팔에
링거를 꽂으려
바늘을 찔렀다 뺐다 반복한다.

말 못하는 어린 아이는
아빠와 엄마를 번갈아 보며
눈물 흘리며 운다.

"아파도 참아라 마음 아프게 아빠를 쳐다보지 말아라
너를 위해 해 줄 수 있는 일은 아무 것도 없단다
주사를 대신 맞아 줄 수도 없단다."

"나의 하나님 나의 하나님
어찌하여 나를 버리시나이까"
십자가에 매달려 애원하는 아들을 바라보며

"내 아들아 아파도 참아라
네가 이 일을 하지 아니 하면 모두 죽는다
그 십자가의 고통을 대신 해 줄 수도 없단다."

54

찢어지는 듯한 아버지의 마음
그때나 지금이나 영원토록 매한가지
하나님은 우리를 불쌍히 여겨 주리라.

(2012. 4. 6)

그리움의 굴렁쇠

어린 시절 신작로를
굴렁쇠 굴리며 신나게 달렸다.

젊어서는 삶의 굴렁쇠를 힘겹게 밀며
산을 넘고 물도 건넜다.

늙어서는 밀 힘조차 없어
세월의 굴렁쇠를 따라만 가고 있다.

그리움의 굴렁쇠를 굴려가면서
즐거움에 빠져 굴러가리라.

(2012. 4. 13)

까치 아저씨

까치 아저씨와 아주머니는 아주 오래 전부터
우리 집 울타리 감나무,
참죽나무에 집을 짓고
아침 저녁 인사를 하며 친하게 지내 왔다.

할머니 어머니는 여학교 다니는 누나 교복을
까치 아주머니 흰 저고리 검정 치마 빌려 입히고
아버지는 이른 아침 곤한 잠을 깨워
까치 아저씨 목소리로 글을 읽어 주셨다.

길가 미루나무 밤나무에 집을 짓고
사나운 짐승 쫓아주고
낯선 사람에겐 찾는 집을 일러주고
먼 길 다녀오면 반겨주었다.

까치 밥 남기지 않아 과일을 찍어 놓고,
큰 나무 베어버려 전주(電柱) 위에 집 짓고 살면서도
미운 철새들 외면하며
대 이어 지켜온 삶의 터를 지킨다.

까치 부부는
오늘도 아주 가까이 다가와
언제나 듣고 싶은 청아(淸雅)한 목소리로
정겨운 이야기를 들려준다.

"깨치어 깨쳐" 한글을 깨치듯
사물의 이치를 깨닫고(格物致知),
참된 주인 어른을 깨달아 알라고
재촉하고 있구나!

(2012. 4. 14)

*격물치지(格物致知) : 격물은 사물의 이치를 연구하여 끝까지 파고들어 궁극에 도달함이
  요, (study of the principles of nature), 치지는 사물의 도리를 깨닫는 지경에 다다름
  (understanding)으로, 대학경문(大學經文)에 나오는 치지재격물(致知在格物)의 준말.

58

헛되고 헛되데
―전도서를 읽고

헛되고 헛되며 헛되고 헛되데
모든 것이 헛되도다.

해 아래 새것이 없나니 안다고 하는 것이
우리가 있기 전에 이미 있었으니 헛되도다.

모든 수고와 마음에 애쓰는 것이며 근심이
밤에도 쉬지 못하나니 헛되도다.

하나님이 지혜와 지식과 희락을 주시나
바람을 잡는 것이니 헛되도다.

모든 수고와 재주로 성공을 해도
이웃에게 시기를 받으니 헛되도다.

족하게 여기지 아니 하는 부요(富饒)도
나를 위하여는 누리지 못하니 헛되도다.

백성을 잘 다스린 명성이 있다 해도
새로 오는 세대는 기뻐하지 아니 하니 헛되도다.

은과 금이 가득한 부자라 해도
만족하지 아니 하니 헛되도다.

헛되고 헛되며 헛되고 헛되데
이것만은 헛되지 않도다.

평생의 모든 날을 아내와 함께 즐겁게 사는 것
하나님을 경외하고 말씀 순종하며 살아가는 것

(2012. 4. 25)

*전도서 1:2, 1:9-10, 2:22-23, 2:26, 4:4, 4:8, 4:16, 5:10-11, 9:9, 12:13 참조

먼 나라 옛 이야기만은 아니구나

이스라엘 솔로몬 왕 뒤를 이어
아들 르호보암이 왕위에 오르자

선왕을 모셨던 노인들이 왕에게 이르기를
'섬기는 자가 되어 백성을 위하고
좋은 말로 대한다면
우리는 영원히 복종하겠노라' 했으나

왕은 듣지 아니 하고
함께 자란 어린 사람들 말을 따라
백성의 멍에를 더욱 무겁게 하고
전갈 채찍으로 백성을 처벌하였다.

노인의 말보다
젊은이 말대로 하는 것
먼 나라
옛 이야기만은 아니로구나.

(2012. 4. 29)

*수원제일감리교회 아브라함 선교회장 이광직 권사님의 열왕기상 12장 6~16절 말씀을
 증거하심을 듣고.

어느 누구 하나

아장아장 걸어
고운 풀잎 집어다가
할머니 보여드리면
덥석 안고 덩실덩실
그리도 좋아해 주셨지

누나 뒤 따라다니다
고운 잎 한 장 주워다가
어머니 보여드리면
덥석 안아 품어주시며
그리도 좋아해 주셨지

언문(諺文) 깨치어 얘기 책
더듬더듬 읽어 드리면
할머니 어머니 들으시며
동네방네 어른들 모셔
그리도 재미있게 들어주셨지

산길 들길 걷다가
향내 묻은 시 한 수 지어

보여주고 읽어주어도
어느 누구 하나
달갑게 들어주지 않는다.

(2012. 4. 30)

*언문(諺文) : 해방 전후하여 '한글'을 속되게 일컫던 말이며, 안클(집안에서 아녀자들이
배우는 글)이라고도 하였음. 오늘날 우리는 이보다 더욱 한글을 버리려고 작정들을 하고
있다.

그 있는 것, 그 있는 줄로 알고 있는 것까지도

이제라도 돌아오라

—요엘 2:12-17 말씀을 읽고

나 비록 허락된 삶이 짧아도
돌이킬 수 없는 죄 회개하지 못했어도
이제라도 돌아오라 하신다.

희망보다 두려움 더해도
양심의 가책과 신앙의 아픔을 지녔어도
이제라도 돌아오라 하신다

변화시켜 주시는 임의 능력에 내어맡기고
더 멀어지기 전에 방황을 접고
이제라도 돌아오라 하신다.

옷을 찢는 허울에 멈추지 말고
마음을 찢는 간절한 마음으로
이제라도 돌아오라 하신다.

(2012. 5. 1)

산 속에서

성급한 꽃은 지고, 느긋한 꽃들이 점잖게 반기는
싱그러운 연두색 나무 그늘 속 길을 걷자니
냇물소리 더불어 놀자고 손을 잡는다.

오랜만에 일찍 서둘러 집을 나섰더니
싱그러운 비단이불 뒤덮은 산속 숨겨진 길을 걸어
작은 폭포 권하는 너른 반석에 앉았다.

입산수도(入山修道) 하려는 출가한 젊은이도 쉬어 갔고
큰 뜻을 이루지 못한 선비도 쉬었다가 간 자리에 앉아
젊은 날을 되돌아본다.

쉬지 않고 흐르며 부르는 물소리
손짓하는 나뭇잎 사이로는 바람소리
가끔은 산새들이 묵은 이야길 내어놓는다.

오랜만에 꾀꼬리 노래도 들었고
살아 있는 것은 모두 푸른 것을 알았으니
쉬엄쉬엄 걸어 내려가야겠다.

(2012. 5. 5)

마음에 찔린 따끔한 가시

길가 찔레 덩굴 속 싱그럽게 자란 찔레를 꺾다가
가시에 찔려 따끔하다.

학교에서 집으로 돌아오며 냇가에 주저앉아
배고파 꺾어먹던 어린 시절에는 찔려도 몰랐다.

'아프다 아프다 하고 아무리 외쳐도
괜찮다 괜찮다 하며 마구 꺾으려는 손길 때문에'*

초로(初老)에 하얀 꽃향기 속에 싱그러운 찔레
'꺾지 말아요, 다 같이 아파요' 저버리며 꺾기도 했다.

아주 오래 전의 아픔을 다시 느끼니
마음 속에 찔린 따끔한 가시가 더욱 아프구나.

(2012. 5. 5)

*이해인(李海仁)의 시 〈찔레꽃〉 중에서

꾀꼬리 소리

이른 새벽 멀리서 꾀꼬리 소리
꾀꼬르리 꾀꼬르리 들려온다.

어린 시절 또래들과 주머니 같은 둥지
찾는 대로 부숴 버렸다.

원망하며 어른들께 고하는 소리
꾁 꾁 꼬르르 끽, 꾁 꼉 오엑 께로

유리왕이 아내 치희(雉姬)를 잃고
꾀꼬리에게 의지한 황조가(黃鳥歌)

펄펄 정겨운 모습
꼬오르 꼬꼬오르 곡고 꼬오루

백발이 되어 들으니 말할 수 없는 탄식으로
간구하는 성령님의 중보기도(仲保祈禱)

꾀어꼬오르 꼬오르 꼬고오르 꼬오꼬르
꾀어꼬오르 꼬오르 꼬고오르 꼬오꼬르

연약한 내 영육(靈肉)을 위하여 간절한 기도 소리
고르리 고르리르 고리르 고르리르.

(2012. 5. 11)

*황조가 : 펄펄 나는 꾀꼬리는 쌍쌍이 즐기는데 외로운 이 내 몸은 뉘와 함께 돌아갈까.
*말할 수 없는 탄식으로 : 로마서 8장 26절 말씀 중
*한글은 사람의 발성기관, 입술, 이, 혀, 목, 코 등을 보고 만든 글자이므로 발성기관이 사
 람과 다른 꾀꼬리의 소리를 한글로 표기하기 어려운 것임을 알았음.

금당계곡을 지나며

아주 오랜만에 집을 나서며
길 따라 산과 물 둘러보고
해가 지면 하룻밤 잘 요량(料量)이다.

태기산(泰岐山)과 흥정산(興亭山) 내린 물이 흥정천(興亭川) 되고
계방산(桂芳山)과 방아다리 약숫물이 속사천(束沙川) 되어
평창군 용평면 재산리(平昌郡 龍坪面 才山里)에서 손잡고

이름도 아름다운 금당산(金塘山) 자락 돌고
개수리(開水里) 거쳐 대화면 하안미리까지
칠십여 리 흐르는 금당계곡(金塘溪谷)

버들치, 새코미꾸리, 미유기, 돌고기, 쉬리
돌나리, 퉁가리, 꺽지, 다들 두고 흘러 흘러서
평창강(平昌江), 서강(西江), 남한강(南漢江)으로 이어진다.

고요히 흐르는 물, 조용히 서 있는 산
짙어지는 푸른 꿈속 풍경
임께서 지으신 솜씨 아름다워 기쁘고 즐겁구나.

갖가지 산나물, 정성스런 아주머니의
솜씨 마음씨 버무린 곤드레밥
하늘 아래 천당, 금당 가는 길목에서 옷깃을 잡는다.

아주 먼 옛날 삿갓 쓰고 지팡이 짚고
개울 따라 쉬엄쉬엄 걸어
두어 번 주막집 잠을 자고 풀섶 길 걸어간다면

서 있는 산 흐르는 물
태고(太古)의 비밀을 속삭여주며
바람에 날리는 흰머리 긴 수염 쓰다듬어 주겠지

물이 열리는 마을, 개수리(開水里)에는
갯말, 버들골, 퉁탱이골, 샛골, 예골, 장승백이, 경풍골
예쁜 이름 열두 마을이 도란도란 속삭인다.

마을 앞에는
금당정(金塘亭) 높이 자리하고,
봉황정(鳳凰亭) 반석 위에서 기다린다.

옛날 묏자리를 쓰려고 땅을 파니 봉황이 솟아올랐다고도 하고,
그 높이가 하도 높아 봉황이 아니면 오르지 못한다고도 하는
봉황대(鳳凰臺)는 어디쯤에 있을까

큰 바위에는 아름드리 소나무 네 그루
닿는 곳이면 바위라도 마다 않는 순종(順從)의 솔씨
믿음의 새싹이 자라 늘 푸른 지조(志操) 말하고 있구나.

잔잔한 물결은 햇빛에 반짝이고
조약돌은 수줍게 따라 나서니
자갈자갈대는구나

흐르는 것은 아름답다
물이 그렇고, 세월이 그렇고,
그리움이 또한 그러하구나.

아홉 마리 용이 강물 속 굴에서 살다가
일곱 마리는 승천(昇天)하고, 두 마리 아직 남아 있다는
구룡소(九龍沼)에서는 무슨 소식(消息) 없는지

조용조용히 맞이하더니
고분고분 놓아주는 계곡
아쉬움 없이 지나간다.

(2012. 5. 12)

*주 : 곤드레밥집은 평창군 용평면 재산리 1532번지에 있는 '곤드레밥전문' 집임.
 사진작가 박성연(朴成然)과 솜씨 맘씨 달인 김영자(金榮子) 부부가 경영함.

헛되지 아니 하도다

원수를 사랑하며 박해하는 자를 위한 기도
하나님의 아들이 되리니(마5:44-45, 눅6:35)
헛되지 아니 하도다.

오른손이 하는 것을 왼손이 모르게 하는 구제
은밀한 중에 보시는 하나님께서 갚으시리니(마6: 6)
헛되지 아니 하도다.

골방에 들어가 문을 닫고 하는 기도
은밀한 중에 보시는 하나님께서 갚으시리니(마6: 5-6)
헛되지 아니 하도다.

다른 사람의 잘못을 용서하는 것
하나님께서 너희 잘못을 용서하시리니(마6:14)
헛되지 아니 하도다.

금식할 때 머리에 기름을 바르고 얼굴을 씻는 것
은밀한 중에 보시는 아버지께서 갚으시리니(마6:17-18)
헛되지 아니 하도다.

원하시면 저를 깨끗하게 하실 수 있나이다 하는 것
내가 원하오니 깨끗함을 받으라 하시니(마8:2-3, 막1:40-41, 눅5:12-13)
헛되지 아니 하도다.

지붕을 뜯어 중풍병자가 누운 상(床)을 달아 내림
네 죄 사함을 받았느니라 하시니(마9:2, 막2:4-5, 눅5:19-20)
헛되지 아니 하도다.

옷에만 손을 대어도 구원을 받으리라는 생각
네 믿음이 너를 구원하였느니라(마9:20-22, 막5:25-34, 눅8:43-48)
헛되지 아니 하도다.

작은 자에게 냉수 한 그릇이라도 주는 것
결코 상(賞)을 잃지 않으리니(마10:42, 막9:41)
헛되지 아니 하도다.

떡 다섯 개와 물고기 두 마리뿐일지라도
주님 축사하시면 오 천 명이 먹고도 남으니
(마14:17-21, 막6:41-44, 눅9:16-17, 요6:11-13)
헛되지 아니 하도다.

두 사람이 합심하여 무엇이든지 구하는 것
하나님께서 이루게 하시리니(마18:19)
헛되지 아니 하도다.

맹인 바디매오가 불쌍히 여겨주소서 하는 것
눈을 만지시니 곧 보게 되니(마20:29-34, 막10:46-52, 눅18:35-43)
헛되지 아니 하도다.

기도할 때 무엇이든지 믿고 구하는 것
다 받으리니(마21:22)
헛되지 아니 하도다.

적은 일에 충성하는 것
주인의 즐거움에 참여할지니(마25:21)
헛되지 아니 하도다.

주님이 주리실 때에 먹을 것을 준 것
창세로부터 예비된 나라를 상속받으리니(마25:34-36)
헛되지 아니 하도다.

매우 귀한 향유를 주님의 머리에 부은 것
복음이 전파된 곳에서는 기억되리니(마26:6-13, 막14:3-9, 요12:1-8)
헛되지 아니 하도다.

안식 후 첫날 새벽 마리아가 무덤을 보려고 간 것
부활하신 주님을 뵈었으니(마28:1-10, 요20:17)
헛되지 아니 하도다.

기도하고 구하는 것은 받은 줄로 믿는 것
그대로 되리니(막11:24)
헛되지 아니 하도다.

말씀에 의지하여 그물을 내리는 것
후로는 사람을 취하리라 하시니(눅5:4-10)
헛되지 아니 하도다.

가난한 자, 몸 불편한 자에게 잔치를 베푸는 것
의인들이 부활할 때에 갚음을 받을 것이니(눅14:13-14)
헛되지 아니 하도다.

불쌍히 여기소서 죄인입니다 하는 것
의롭다 하심을 받을 것이니(눅18:13-14)
헛되지 아니 하도다

예수님을 보려고 뽕나무에 올라간 것
삭개오야 속히 내려오라 하시니(눅19:3-5)
헛되지 아니 하도다.

주여 당신의 나라에 임하실 때에 나를 기억하소서 한 것
오늘 네가 나와 함께 낙원에 있으리라 하시니(눅23:42-43)
헛되지 아니 하도다.

각 사람에게 비추는 참빛을 영접하는 것
하나님의 자녀가 되는 권세를 받으니(요1:9-12)
헛되지 아니 하도다.

독생자를 믿는 자들
멸망하지 않고 영생을 얻게 하시니(요3:16)
헛되지 아니 하도다.

유대인으로서 어찌하여 사마리아 여자에게 물을 달라느냐
영생하도록 솟아나는 샘물을 주시니(요4:7-14)
헛되지 아니 하도다.

발 앞에 엎드리어 여기 계셨더라면 오빠가 안 죽었을 텐데
나사로야 부르시니 베로 동인 체로 걸어 나오니(요11:32-44)
헛되지 아니 하도다.

견실하며 흔들리지 말고 주의 일에 더욱 힘쓰는 것
주 안에서 헛되지 않은 줄 앎이니(고전15: 58)
헛되지 아니 하도다.

아버지와 어머니를 공경하는 것
네가 잘 되고 땅에서 장수하리니(엡6:2-3)
헛되지 아니 하도다.

생명의 말씀을 밝히는 달음질과 수고
그리스도의 날에 자랑거리가 되리니(빌2:16)
헛되지 아니 하도다.

(2012. 5. 16)

아카시아 꽃을 먹으며

살랑살랑 바람 타고 맑은 향기 찾아오더니
이제는 가까이 마주 보아야 향내를 준다.

맛이 있냐, 향이 있느냐 하기에
맛이나, 향이 나서 먹지 않는다 했다.

꽃향기 어쩌다 바람결에 스치면
새벽이든 밤이건 찾아 나섰다.

달 밝은 밤이면 더욱 허연 꽃
짙은 향 송두리째 꿈속 스며들었다.

또래들과 시오리 학교길 오가며 빠른 녀석이 휘어잡으면
덤벼들어 훑어서 둘러앉아 한 움큼씩 잘도 먹었다.

벌까지 씹어 입안이 퉁퉁 붓기도 하고
벌레를 씹어 노린내가 풍겨 뱉기도 했다.

한 송이 한 송이 입에 넣으면
누구나 어린 시절을 꺼내놓았다.

해마다 이맘때면 피는 아카시아(acacia)
떠나간 또래들이며, 그냥 가버린 망아지

오늘은 나뭇가지를 지팡이로 걸어 당겨
보고 싶은 얼굴을 그려본다.

(2012. 5. 19)

남양부사 윤계 순절비 앞에서

내 고향 남양읍내 오리정(五里亭)에는
남양부사 윤계순절비(南陽府使 尹棨殉 節碑)가 있다.

어릴 적 아버지는 몇 번이고 일러주셨고
새로 오신 교장선생님은 자랑스럽게 알려주셨다.

칠 십여 년 지나만 다니다가 이제야 비문을 읽고
고개 숙여 영령님들께 명복을 비옵니다.

청 태종이 십 만 대군을 몰고 쳐들어온 병자호란
임금님은 남한산성에 몽진(蒙塵)하셨으나 포위되고

부근의 고을 짓밟히고 있을 때
이 고을 부사는 군병(軍兵)을 모았으나 중과부적(衆寡不敵)

뜰 아래 깃발 두 개 마주 세우고 청상에 팔짱 끼고 앉아 있으니
적장은 무릎을 꿇으라고 다그치나

"머리가 잘릴지언정 무릎은 구부릴 수 없다"
(頭可截 膝不可屈)

"죽을지언정 너희를 따르지 않겠다. 왜 빨리 죽이지 않느냐!"
(死不汝從胡不速殺)
호통을 치시며 꾸짖으셨다.

공(公)의 조부 윤섬(尹暹)은 임진왜란 때
아우 윤집(尹集)은 청나라에 끌려가 순국하셨다.

충의(忠義)로운 성품을 하늘에서 주서 받는 것은
성현(聖賢)이나 길 가는 사람이나 일반이지만

마음 속 물욕이나, 밖으로의 이해가 괴롭혀
그 마음을 지니고 있는 자는 드물건만

오직 공(公)은 배운 바가 바르고 수양한 바가 깊어서
그 성취한 것이 탁월하여 풍성을 무궁한 데 세웠도다.

공(公)의 아전, 관노, 노복까지도 본래 받은 천성을 지닌 채
길러준 이에게 감복한 것이야 더 말해서 무엇 하랴

신하들의 진청(陳請), 두 임금의 포숭(褒崇),
읍인(邑人)들의 추모가 어울려

그렇게 되기를 바라지 않았는데 그렇게 되고
하도록 한 일도 없는데 그렇게 하였도다.
(亦所請不則然而 無所爲而爲者矣)

충간공(忠簡公)을 비롯하여
현인(縣人) 김택, 홍언인, 홍신, 관노(官奴) 명길, 가복(家僕) 봉이

임들의 충성심을 마음 속에 새기며
호국영령 앞에 고개 숙여 명복을 빕니다.

(2012. 5. 22)

*윤계(尹棨, 1603~1636) : 본관은 남원(南原)이고 자는 신백(信伯), 호는 신곡(薪谷). 시호
(諡號)는 충간(忠簡), 임진왜란(壬辰倭亂) 때 상주(尙州)에서 전사한 윤섬(尹暹)의 손자이
고, 병자호란(丙子胡亂) 때 삼학사(三學士)의 한 사람인 윤집(尹集)의 친형(親兄)이다.
인조 5년에 22세로 대과(大科)에 급제하여 성균관(成均館) 전적(典籍), 홍문관(弘文館)
교리(校理), 이조(吏曹) 좌랑(佐郞)을 거쳐, 인조 14년(1636) 2월에 남양부사(南陽府使)로
부임하여 그 해 겨울 순국(殉國)하셨고, 효종 1년 이조참판(吏曹參判), 숙종 32년 이조판
서(吏曹判書)로 추증(追贈)되고, 현종 9년에 비를 세웠으니, 비문은 송시열(宋時烈)이 짓
고, 글씨는 송준길(宋浚吉)이 쓰고, 두전(頭篆)은 민유중(閔維重)이 작성(作成)했다. 그리
고 제갈량(諸葛亮)과 호안국(胡安國)을 제향(祭享)하는 용백사(龍柏祠)에 종향(從享)하
였으나, 흥선대원군(興宣大院君)의 서원철폐령(書院撤廢令)으로 문을 닫아 부서져 아직
복원(復原)되지 않고 있다.
*비문의 원문과 번역문을 책 뒤에 넣었음.

내일 일은 누가 염려해 주나

"내일 일을 위하여 염려하지 말라.
내일 일은 내일 염려할 것이요
한날 괴로움은 그 날에 족하니라."

내일 일은 내일 되어서 염려하고
오늘 미리 염려하지 말라고 알아왔다.

그런데, 개역개정판에 보니
"내일 일은 내일이 염려할 것이요"
(tomorrow will worry about itself)

내일 일은 내일이 염려하게 하고
네가 염려할 것이 아니라는 것이다.

내일 일은 하나님이 맡아주시니
너희는 염려나 간섭을 하지 말고
하나님의 나라와 의를 구하라신다.

(2012. 5. 27)

*마태복음 6장 34절 말씀.

철조망

큰 스님이 두 시자(侍者)와
암자(庵子) 주위에 철조망을 치고
바위에 앉아 쉬고 있다.

한 시자(侍者)가
"큰 스님,
우리가 철조망 안에 갇혔네요"

"예끼 이 녀석아
자물쇠가 안에 있으니
갇힌 것은 저 밖 쪽이지"

철조망을 친 것은
오는 사람을 막기 위한 것이지만
가려는 내 마음도 막아 주는 것이겠지

(2012. 5. 28)

*성철(性徹, 본명은 이영주, 1912년 경남 산청에서 출생) 스님이 팔공산(八公山) 파계사
(把溪寺) 성전암(聖殿庵)에서 10년 동구불출(洞口不出)을 하려고 암자 주위에 철조망을
쳤던 당시의 스님들의 추억(追憶)을 텔레비전에서 보고 들으며.

삼국통일보다 더 좋은 깨달음

두 젊은 스님, 원효(元曉)와 의상(義湘)은
당(唐)나라로 불법(佛法)을 배우려고
서라벌을 떠나 당성(唐城)으로 걸어가고 있다.

어느 날인가 저물어 좁은 굴 속에서 자다가
잠결에 물 한 그릇을 달게 마시고
다음날 아침 일어나 보았다.

흩어져 있는 해골 안에 고인 더러운 물을 보고
잠결에 마신 물도 해골에 고인 것임을 알고
두 사람은 토하고 말았다.

원효는 깨달았다.
마음이 생기면 모든 사물과 법도 살아나고
마음이 죽으면 해골과 다름이 없는 것임을.
(心生則 種種法生 心滅則 髑髏 不二)

내 마음 살아나면 모든 불법도 살아나니
당나라까지 가서 배울 것이 무어냐 하면서
혼자 서라벌로 되돌아 간다.

삼국을 통일한 것보다 더 좋은 깨달음은
통불교(通佛敎)를 제창하여 중생(衆生) 속에 스며드니
영원무궁(永遠無窮)한 참된 가르침이었도다.

(2012. 6. 4)

*당성(唐城) : 남양의 옛 이름
*원효(元曉, 617~686) : 신라 고승
*의상(義相, 625~702) : 신라 고승

더 나빠지지만 않게

피곤할 때에는 푹 자고 나면 상쾌해지고
아프면 치료 받고 나면 거뜬해졌다.

언제부터인가
의사는 더 나빠지지만 않게 한단다.

안과, 내과, 신경과, 치과
담당 의사의 한결 같은 말이다.

처음 들을 때에는
서운하고, 좋지 않게 들렸다.

노쇠(老衰)와 병마(病魔)를
뉘라서 막을 수 있겠는가

기억은 더욱 생생해지고
가슴도 더욱 뜨거워지건만

더 나빠지지만 않는 것이
상책(上策)이란 말이 맞는 것이구나

(2012. 6. 4)

나문재 나물을 먹으며

아주 오랜만에 나문재 나물이 저녁상에 올라
제일 먼저 먹으니 그 향기(香氣) 여전하다.
당진 목사님 사모님이 손수 뜯어 보내주셨단다.

흉년에 쑥, 행이, 씀바귀, 닥치는 대로 뜯어 먹고
남은 것이라 나문재라시며
항상 풍년이 드는 것 아니니 흉년을 잊지 말라
당부하시던 어르신들의 말씀을
아내오 아들에게 들려주었다.

여호와께서 애굽 온 땅에 처음 난 것을 다 치시고
애굽의 신(神)들까지 심판하신 저주의 밤
이스라엘 자손 중 어린 양의 피를 문설주에 바른 집은
그 고기를 구워 무교병과 쓴 나물을 아울러 먹은 축복의 밤

애굽의 장자(長子)들은 다 죽어가는 저주의 밤이요
이스라엘 자손은 종살이를 벗어난 구원의 날
아버지는 그 자녀에게, 그 자녀는 그들의 자녀들에게
일러주며 지켜온 유월절(逾越節, passover).

불에 바짝 구워 맛없는 고기
순종의 길을 가야기에 발효시키지 못한 빡빡한 떡
거칠고 쓴 나물을 아울러 먹은 것은
종살이에서 구원하여 주신 은혜를 잊지 말라 하신 것.

우리는 어린 양 예수님의 말씀 때로는 맛이 없지만,
하늘에서 내려온 순수한 떡을 받아먹고 영생을 얻어,
항상 꿀 송이같이 달기만 하지 않고,
쓴 나물과 같이 입에는 쓰고, 귀에는 거슬린다 해도 순종하여
죄의 종살이에서 벗어나는 기쁨을 얻으라신다.

(2012. 6. 5)

*당진 목사님은 소천하신 노장호 목사님
*출애굽기 12장 8절, 26절, 27절. 민수기 9장 11절. 요한복음 6장 51절 말씀

새벽안개를 보며

이른 새벽 창문을 여니
짙은 안개로 먼 산이 가려 있다.

어릴 적 안개 낀 학교길
다가가면 열리는 신비스러움

돌아보면 다시 가려져
걸어온 길도 보이지 않았다.

칠십 중반에 들어서니
살아갈 앞길보다, 살아온 길 두렵다.

살아갈 앞길은 살아온 대로 두렵지 않은데
살아온 뒷길이 얼룩져 부끄럽다.

차마 눈뜨고 보지 못할 일이며
기억하고 싶지 않은 것들

모두도두 가리워
부끄러움 거두어 가거라.

(2012. 6. 7)

남양부 망해루 올라보니

고향 땅 남양부(南陽府) 아문(衙門)을 들어서며
동헌(東軒) 이방청(吏房廳) 와룡루(臥龍樓) 지나
회화나무, 느티나무 사이에 망해루(望海樓) 올라보니

국사봉(國祀峰), 비봉산(飛鳳山) 둘러있고
활하문(活河門) 앞 죽포(竹浦) 멀리 바다가 보이고
걸려 있는 남양부 망해루기(南陽府望海樓記) 반긴다.

이 고을의 홍은열(洪殷悅)은 고려태조가 나라를 열 때
정성스럽게 받들어 추대한 공이 있고
후손 홍규(洪奎)는 권신(權臣)을 목 베어 왕권을 안정시키고

더더구나 문예부주(文睿府主)를 낳았으니
충숙왕(忠肅王)의 명덕왕후(明德王后)가 되어
충혜왕(忠惠王)과 공민왕(恭愍王)의 태후(太后)라.

부임한 정 부사(鄭府使)는 상서(祥瑞)로운 고을이라
밤낮으로 오직 삼가고 공경(恭敬)하며
덕행(德行)을 우선적으로 힘을 써

아전들을 교화하는 데 법으로 대하지 아니 하며
백성을 은혜롭게 대하여 위압을 가하지 않았다.
(化其吏 不敢加以政 惠其民 不敢施以威)

일년이 되어 고을이 매우 평화로워져
이로운 일은 일어나지 않은 것이 없고
해로운 것은 모두 사라졌다.
(朞歲大和 利無不興 而害悉去之)

옛날에 연못이 있었는데 오랫동안 수리하지 않아
고미뿌리가 우거지고 마구 경작을 하게 되자
사람들이 못에 살던 용이 옮겨 가 말랐다고 한다.

정 부사가 연못을 파내고 수축(修築)하고 나니
용이 바람과 비와 번개를 따라와 꼬리가 못에 내려
사흘 동안 물이 끓어오르고, 흰 기운이 일어났다.

마음의 작용은 위대한 것이니
마음 한 번 정하면 온 천하에 못할 것이 없다.
정 부사의 공경하고 조심하는 마음이 막힘 없기에

인화(人和)가 되고, 영물(靈物)이 돌아왔으니
부사의 이름은 을경(乙卿)이요 자는 선보(善輔)이니
나라의 기둥이 될 만한 재목으로 세상에 알려져 있다.

목은(牧隱) 이색(李穡)의 글을 감동하며 읽고 나니
한 고을 원님의 지혜로움이
마음 속에 이슬같이 촉촉히 내린다.

누각을 조심조심 내려와
'망해루(望海樓)' 현판을 바라보다가
걸려 넘어지며 잠이 깼다.

(2012. 6. 9)

*권신(權臣) : 고려 무신 정권 때에 권신 임유무(林惟茂)를 말함
*이색(李穡, 1328~1396) : 고려 말의 성리학자이며 삼은(三隱) 중의 한 분이시다.
*정을경(鄭乙卿) : 조선 초기에 남양부사를 한 분으로, 부(父) 정인로(鄭仁老)도 고려 말에
  남양부사를 지내셨음.
*망해루가 있던 장소 : 신증동국여지승람에 당성(唐城)에 있다고 하나, 의문스럽다.

전지전능하시고 무소부재하신 주님

―시139편 1-16절 말씀

전지전능(全知全能)하신 주님

주님, 주께서 나를 샅샅이 살펴보셨으니 환히 알고 계십니다.

내가 앉아 있거나 서 있거나 주께서는 다 아십니다.

멀리서도 내 생각을 다 아십니다.

내가 길을 가거나 누워 있거나 주께서 다 살피고 계십니다.

내가 혀를 놀려 아무 말 하지 않아도

주께서는 내가 그 혀로 무슨 말을 할지를

미리 다 알고 계십니다.

주께서 앞뒤를 둘러싸 막아 주시고

내게 주의 손을 얹어 주셨습니다.

이 깨달음이 내게는 너무 놀랍고 너무 높아서

내가 감히 측량할 수조차 없습니다.(1-6)

무소부재(無所不在)하신 주님

내가 주의 영을 피해서 어디로 가며

주의 얼굴을 피해서 어디로 도망치겠습니까

내가 하늘로 올라가더라도 주께서는 거기에 계시고

스올에다 자리를 펴더라도 주께서는 거기 계십니다.

내가 저 동녘 너머로 날라가거나
바다 끝 서쪽으로 가서 거기에 머무를지라도
거기에서도 주의 손이 나를 인도해 주시고
주의 오른 손이 나를 힘 있게 붙들어 주십니다.
내가 말하기를
'아, 어둠이 와락 나에게 달려들어서
나를 비추던 빛이 밤처럼 되어라' 해도
주님 앞에서는 어둠도 어둠이 아니며,
밤도 대낮처럼 밝으니,
주님 앞에서는 어둠과 빛이 다 같습니다. (7-12)

주님께 감사드립니다

주께서 내 속 내 장을 창조하시고,
내 모태에서 나를 짜 맞추셨습니다.
내가 이렇게 태어났다는 것이 오묘하고
주께서 하신 일이 놀라워
이 모든 일로 내가 주님께 감사를 드립니다.
내 영혼은 이 사실을 너무도 잘 압니다.
은밀한 곳에서 나를 지으셨고

땅속에서 나를 조립하셨으니 내 뼈 하나하나도
주님 앞에서는 숨길 수 없습니다.
나의 형질이 갖추어지기도 전부터 주께서는 나를 보고 계셨으며
나에게 정하여진 날들이 아직 시작되기도 전에
이미 주의 책에 다 기록되었습니다.(13-16)

(2012. 6. 9)

*이 부분은 표준 새 번역 성경전서에 내용이 개역 개정판보다 좋고, 원로 분들의 기도에
 자주 사용되는 전지전능과 무소부재의 내용이 가득하여 수집한 것임.

그 있는 것, 그 있는 줄로 알고 있는 것까지도

흙장난

나이 칠십이 넘었어도
담장 밑에서 하던 흙장난이
제일 재미있고 좋았다.

흙은 원하는 모든 것이 되어준다.
배가 고프면 조개껍질에 담아 밥이 되고
가지고 싶은 것을 그리면 그대로 따라왔다.

두 손 모아 쥐었다가 손가락 사이로 흘리면
보드라운 감촉에 전신이 녹고
세미한 소리는 하늘의 곡조로 들렸다.

물에 개어 바라던 형상을 빚어
고운 단풍잎 위에 놓으면
햇빛 따라 생명이 들어가 함께 놀아주었다.

오늘 어린아이들에게
흙을 돌려주어 흙장난 속에
그 아름다운 꿈을 길러주고 싶다.

(2012. 6. 20)

송홍만 제16시집

『남양향교지』(南陽鄕校誌)를 받아보고

가슴이 설레이고 송구(悚懼)스러워 조심스럽게 펴본다.
선친(先親)[1]께서 직원(直員)을 역임(歷任)하셨고,
내 나이 칠십이 넘도록 참례(參禮)하지 아니 해서다.

"1969년 향교전경 사진"을 보며 깜짝 놀랐다.
1947년 국민학교 2학년 때 기억으로는 이렇지는 않았다.
그 후 한국전쟁 이후 지금까지 지나다니며 보기는 했지만
이렇게 부서졌는지는 몰랐다.

학교가 끝나자 공자님 제사 보러 또래들과 향교에 가서
몫을 받아먹고 와서는 그들이 소문을 냈다.
우리 반에는 교장, 면장, 주지, 향교직원의 아들이 있다고[2]

남양향교에서는 공부자(孔夫子)를 비롯하여 오성(五聖)과
송(宋)나라 이현(二賢)과 우리나라 십팔현(十八賢)께[3]
춘추석전 대제향사(春秋釋奠 大祭享祀)를 봉행(奉行)하고,
매월 삭망(每月朔望)에 분향례(焚香禮)를 올린다.

이른 새벽 출타하시어 늦은 밤 돌아오시면
향교 일로 피곤해 하시던 선친(先親)의 모습,

그 있는 것, 그 있는 줄로 알고 있는 것까지도

하마터면 할머니 임종(臨終)을 못 하실 뻔한 일도 떠오른다.

"1990년 명륜당 복원 후의 남양향교 사진"을 보니
은행나무 아래에 단아(端雅)한 기와집들
바로 이것이 어린 시절에 보았던 모습이로다.

"남양향교 명륜당상량문(明倫堂上樑文)"을 읽어보니[4]
"버려졌던 온갖 것들이 모두 다시 일어나는 가운데
무너져 내린 대성전(大成殿)을 먼저 수리한 데다가
많은 선비들과 잘 헤아려
또 학사(學舍－명륜당)를 찬란하게 창건하는구나"

"삼가 바라오건대 상량(上樑)을 한 뒤에는
이륜(彝倫)[5]이 크게 밝아지고, 향속(鄕俗)이 크게 변하리라."
"남양향교 대성전 이건 상량문(大成殿移建上樑文)"을 읽어보니[6]
"남양 큰 고을 실로 동방에 이름난 부(府)이니,"
"선성(先聖) 공자(孔子)께서
혼령(魂靈)을 편안히 쉬시게 하는 곳은
후생(後生)들이 학문(學問)을 연구(研究)할 바탕이라 하심을
생각해 본다."

"향교중수기(鄕校重修記)"를 읽어보니[7]
"향교를 글판이(文版)로 옮긴 후 세월이 지나고,
한국전쟁까지 겪게 되어
대성전, 동재, 서재, 외삼문은 퇴락하고
명륜당, 홍살문, 수복실은 무너져 없어졌으며"
"옛날과 다름없이 새롭게 지었으니
이 어찌 유림(儒林)의 다행(多幸)함이 아니랴"

이 몸 노쇠(老衰)하여 가고 있으나
선친께서 틈틈이 일러주신 성현(聖賢)의 말씀
더욱 더 간절하게 다가옵니다.

"배우고 때로 익히면 기쁘지 아니 하랴
벗이 먼 곳에서 찾아오면 즐겁지 아니 하랴
남이 알아주지 않아도 성나지 않으면 군자가 아니랴."[8]
(學而時習之 不亦說乎 有朋 自遠方來 不亦樂乎
人不知而不慍 不亦君子乎)

"말씀을 알고만 있는 사람은 좋아하는 사람만 못하고
좋아하는 사람은 즐기는 사람만 못하다."[9]

（知之者 不如好之者 好之者 不如樂之者）

(2012. 6. 15)

1) 선친은 송정순(宋貞純, 1899. 3. 24~1983. 1. 21)－문묘(文廟) 직원(直員)(현재 鄕校典校)으로 1947년경부터 1950년경까지로 기억됨.
2) 2학년이 3반까지 있었는데 우리는 1반이었고, 우리 반에는 교장(校長) 음세정의 아들(이름은 잊었음), 면장 정영덕(鄭榮悳)의 아들 정희준(鄭熙準), 봉림사(鳳林寺) 주지(住持)의 아들(이름은 잊었음), 향교(鄕校)직원(直員)의 아들(필자)
3) 공자(孔子), 안자(顔子), 증자(曾子), 자사(子思), 맹자(孟子) 오성(五聖)과, 송조이현(宋朝二賢) 정호(程顥), 주희(朱熹), 동방십팔현(東邦十八賢)으로 설총(薛聰), 최치원(崔致遠), 안유(安裕), 정몽주(鄭夢周), 김굉필(金宏弼), 정여창(鄭汝昌), 조광조(趙光祖), 이언적(李彦迪), 이황(李滉), 김인후(金麟厚), 이이(李珥), 성혼(成渾), 김장생(金長生), 조헌(趙憲), 김집(金集), 송시열(宋時烈), 송준길(宋浚吉), 박세채(朴世采)
4) 남양향교명륜당상량문 조복양(趙復陽) 지음 현종7~현종8(1666~1667) 남양부사 민시중(閔蓍重) 때임.
5) 이륜(彛倫) : 사람으로서 떳떳이 지켜야 할 도리.
6) 남양향교대성전이건상량문 남양도호부사 안기영(安驥泳) 찬(撰－글을 지음) 고종 9년(1872) 9월 2일. 향교를 글판이(文版)로 옮김
7) 향교중수기 홍성학(洪性學, 당시 남양향교 전교임) 기 (1981. 9.)
8) 논어 학이편(論語 學而篇)
9) 논어(論語) 옹야편(雍也篇)

102

쑥떡을 먹으며

어금니 사이에서 씹어지니
혀 가장자리에 맛이 돌고
당진 사모님의 고운 손길 보인다.

코로는 향기 그윽하니
어렸을 적에 가물어 메마른 땅에
먹을 것 없어 뜯어 먹던 쑥이 보인다.

절구에 넣어 짓찧어 가루를 발라
쑥개떡 만들어 먹어
굶주린 배를 채우며 단비를 기다렸다.

조용히 그리고 조심스럽게
하늘을 우러러 빌고 빌었다.
단비를 내려달라고.

보릿고개 사라지고 먹고 살 만해지자
방아로 곱게 빻고,
쌀가루로 개어 쪄서

맛으로, 추억의 맛으로
서로서로 나누어 먹다 보니
쑥떡을 숙덕숙덕하며 먹는다.

(2012. 6. 25)

104

너와 나는 하나

백여 년만에 처음이라는 긴 가뭄
뉴스만 보고 들어도 내 몸이 타 들어간다.
쩍쩍 갈라진 논바닥, 저수지 바닥
심어놓은 곡식이 말라 스러지는 모습

오랜만에 반가운 빗소리에
창문 활짝 열고 듣는다.
농촌에서 태어나 자란 몸
논밭과 나는 하나다.

빗소리 듣다가 든 잠 소스라쳐 일어나
창문 활짝 열고 내다본다.
아버지 어머니 형님 모두
좋아하시던 모습 떠오른다.

옛 어른들의 말씀에
조용히 시작해야 흡족히 내린다 하시더니
가랑비로 시작한 비가
자정이 지나자 정중하게 내린다.

긴 음악을 끝까지 들어 본 일 없는데
누에가 뽕잎 먹는 소리로 시작하여 이어지는 소리
물방울 소리, 추녀물 떨어지는 소리
사방에서 들려오는 소리를 다 들어도 지루하지 않다.

소리들의 어울림에 끌리어
내 흐뭇한 마음 날개옷 입고
훨훨 하늘을 날으고 있다
부모형제 살아계시던 그리운 고향의 하늘을.

(2012. 6. 30)

꿈은 편지이다

꿈은 편지이다.
아주 중요한 편지이다.

하나님이 천지만물을 만드신 다음에
임의 형상대로 사람을 지으셨다.

우리들 속에 있는 임의 형상 중에 눈즉, 영의 눈은
시간적 공간적 제한 없이 다 본다.

몸에 있는 눈을 감고 잠을 자면
영의 눈으로 보이는 것 중에 중요한 것

그 중요한 내용을 편지를 써서 보내준 것이
꿈이다.

실현가능성이 없는 것을 '꿈 같은 일' 이라고 하고
이해할 수 없는 꿈을 '개꿈' 이라고 한다.

그러나 그 편지의 깊은 뜻을 모를 뿐이다.
기도하며 알기를 구하라 반드시 알게 될 것이다.   (2012. 7. 1)

우리가 고난의 짐을 진 것은
―뜻으로 본 한국역사(함석헌 지음)를 읽으며

20대 읽은 것을 70이 지나서 다시 읽으니
못 들어 본 진솔함이 더욱 올바른 말씀이로다.

우리는 이제 신화도 없어지고, 민족의 영웅도 사라졌다.
감격도 없고, 흥분도 모르는 민족이 되었다.

고구려 사람의 핏줄 속에 뛰고
신라 사람의 머릿속에 솟고
백제 사람 가슴 속에 울리던
착하고 너그럽고 날쌔고 의젓하던 정신은
어느덧 자취를 감추어 버리고 말았다.

시(詩) 없는 민족이요
철학(哲學) 없는 국민이요
종교(宗敎) 없는 민중이다.

스스로 깊이 파지 못하는 성격 때문에
그 받아들인 종교도
정말 내 것으로 만들지 못하고 말았다.

송홍만 제16시집

우리가 고난의 짐을 진 것은
하나님이 이 병을 고쳐 주시기 위해 취하신
방법이라 조심스럽게 생각해 본다.

중국의 교만, 만주의 사나움, 일본의 영악, 러시아의 음흉이
다 견디기 어려웠지만
그것이 아니더라면 언제 망했을는지 모른다.

이처럼 살려두시는 것은
우리가 할 일이 있어서이다.

(2012. 7. 3)

여행길에 부치는 글

—입대하는 서현교(徐鉉敎) 군에게

젊은이에게만 주어진 여행길에
몇 줄을 부치는 것은
너무나 기쁘고 즐거운 길이기 때문입니다.

평생에 다시 하기 어려운 길이요
두고두고 잊지 못할 추억이 이어지고
봄, 가을 없이 꽃피어 있기 때문입니다.

남자끼리만 어울려 살아가는 길이요
혼자만의 생각을 또래들과 나누고
격식 없이 재미있게 웃을 수 있기 때문입니다.

때로는 모두 잠들고 혼자만이 깨어있을 때
무한한 공간을 독백으로 가득 채워 보며
부모님을 멀리서 그리워해 볼 수 있기 때문입니다.

즐겁고 기쁘게 지내다 보면
몸과 마음은 여물어지고
내 삶의 나이는 고개 숙인 벼 이삭을 닮기 때문입니다.

모쪼록 많은 친구들 만나고
깊은 사색의 골짜기를 걸어보며
어렴풋이 그려진 꿈을 안고 돌아오기 때문입니다.

마음이 가고 발길이 닿는 곳에는
푸른 산이 솟아있고 아름다운 강이 흐르며
살아가야 할 길이 그려지기 때문입니다.

여행 잘하고
몸 건강하고
기쁘고 즐겁게 다녀오길 바라기 때문입니다.

(2012. 7. 4)

천둥소리 들으며

조용한 빗소리 들으며 잠든 속에
천둥 번개에 잠이 깨었다

엄마와 같이 자다가 천둥 번개 치면
하눌님의 호령이라며 옆으로 돌아누우라고 하셨다

선생님은 양전기와 음전기의 만남의 현상이라는
말씀을 속으로 생각하면서 옆으로 누웠다

낮보다 더 환하게 번쩍하더니
굉장한 벼락소리에 깜짝 놀랐다

일흔이 넘어서 생각하니
어머님의 말씀이 참되시다

몸을 옆으로 돌려 누워
살아오며 지은 죄를 하나하나 생각한다

오로지 얼룩진 길이었다
지나온 길이.

(2012. 7. 6)

산을 들어서면

산을 들어서면 맑은 냇물이 마음부터 씻으라며
푸른 가지 손짓하고, 꽃송이 방긋 웃으며,
산새는 새 소식 들려주고
물줄기도 흰 타래로 순결(純潔)을 일러주고,
숲 속 향긋한 체취 어머니 가슴 내음 그대로다.

산은 언제든지 다가오라며 제자리에서 기다린다.
빈손으로 보내지 아니 하려는데 사람들이 그냥 내려간다.
산에는 죽은 것이 없다.
큰 바위에 버섯이 살고 쓰러져 썩은 나무에 벌레가 산다.

산에서는 산 것끼리 어울려 살고,
살아 있는 것을 내쫓지 않으며,
멀리서 바라만 봐도 힘이 생기니
산은 살아 있어 산이라 부르는가 보다.

산은 살아 있는 것이면
얼룩진 옷을 입었어도
하얀 예복을 입지 않았어도
다 반겨준다.

산은 미움을 씻어주며
말씀을 뿌리 깊이 받아들여
죽은 것에서 산 것을 길러내어
항상 평안함이 자욱하다.

산은 부족한 힘을 더해 주고 넘치는 힘 덜기도 하며
미운 사람, 고운 사람, 늙은 사람, 젊은 사람,
오는 사람, 가는 사람,
한결같이 맞아주고 한결같이 보내준다.

(2012. 7.14)

114

구부러진 못

어느 날 둘째 형님이 슬며시 자랑 삼아
금숙이가 구부러진 못 하나를 들고 와서
"아빠 이 못도 어른 말 안 들어서 구부러졌지" 하더란다
그 형님은 젊어 한 때 교편을 잡았었다.

어릴 때 이른 새벽 또닥또닥 소리에 잠이 깨어 보면
영락없이 아버지와 큰 형님은
모판에 모아둔 구부러진 못을
돌판 위에 놓고 망치로 펴고 계셨다.

칠 십여 년 살아 보고서야
못이 귀한 때라 그러신 것만은 아닌 것을 알았다.

지금 사람들은 교육제도가 어떠니
청소년 폭력문제가 어떠니 호들갑을 떨고 있으나
구부러진 것을 펴주는 사람 없는 줄은
아무도 모른다.

아들 딸 구부러진 마음 부모가 펴주고
학생들 구부러지면 선생님이 펴주고

지나는 젊은이들 구부러진 행동 곁에서 펴주고
설치던 못난 녀석들
웃으며 변명하는 얼굴 참지를 말자

내 마음도 구부러져
펴지 못하고 있으니
낸들 이 일을 어쩌나

(2012. 7. 23)

*둘째 형님은 돌아가신 송준만(宋俊萬, 1924. 3. 8~2000. 3. 14)님이고
*금숙이는 둘째 형님의 막내 딸 송금숙(宋錦淑, 1960. 2. 6생)이다.

116

어르신

이른 새벽, 늦은 저녁이면
'어르신' 계시냐며
아주머니 아저씨 찾아 오셨다.

관혼상제(冠婚喪祭), 질병(疾病)
살아가며 어려운 일 만나면
선친(先親)께 묻고 답을 얻으러 온 듯했다.

옛날에 지혜로우심 널리 알려진 우리 할아버지 한 분 계셨는데
찾아오는 분마다 가벼운 마음으로 돌아가곤 해
"답답 송가(宋家)"라는 말이 전해 왔단다.

그러나 "송씨는 답답하다"는 의미로 잘못 알려져
"여북하면 답답 송가냐" 놀려대던 또래들
그야말로 답답한 녀석들 딱도 했다.

답답한 일 만나면
송씨 할아버지께 여쭈어 보라는 말
이것도 모르는 답답한 또래들이었다.

세계대전, 6.25동란의 피 구름이
집안, 마을, 일터 각계각층 어디에서나
'어르신' 이라는 말을 휩쓸어 갔다.

그뿐인가
'꼴통' 이라는 소리
듣지 않으면 다행이다.

목소리 큰 사람 따라가다
넘어지고 다치어 상처투성이가 되어도
'어르신' 은 찾지 않는다.

(2012. 7. 24)

더 바랄 것 없는 소망

앞산 너머 하얀 뭉게구름 바라보면
또래들 얼굴 웃으며 떠올랐다.

지게 벋쳐놓고 뭉게구름 바라보면
바람의 얼굴 흐릿하게 어른거렸다.

춥고 배고파 고향 바라보면
그리운 어머님의 얼굴 반가웠다.

삶의 달림길에서 가끔 바라보면
순간순간 모르는 얼굴 스쳐갔다.

아픈 몸 동산에 올라 먼 산 바라보면
여전한 내 얼굴 힘을 안겨주었다.

칠십 중반에 산 너머 하얀 뭉게구름
떠나간 얼굴 앞서거니 뒤서거니 떠오른다.

지팡이 짚고 걸으며 바라보는 산마루 위 하얀 뭉게구름
내 걷는 모습 지켜봐 주는 고마운 얼굴 힘을 준다.

더 바랄 것 없는 소망은
"항상 함께 있으리라"* 하신 은혜의 얼굴뿐이다.

(2012. 7. 27)

*마태복음 28장 20절 말씀 중

설레임

누군가 설레임이 맛있다 하기에 나름대로 기억하고
집에 오는 길에 슈퍼에 들어갔다.

얼음과자가 들어 있는 냉장고를 가리키며
'두근두근' 을 달라고 했다.

한참을 생각하더니 웃으면서
'설레임' 을 꺼내주는 순간 "맞다" 하며 받았다.

'설레임(雪來淋)' 을 사가지고 오면서
걸음마다 웃음이 흘렀다.

집에 와서 꺼내며 이야길 했더니
아내와 아들 다 웃었다.

(2012. 8. 3)

폭염경보 열대야

낮에는 폭염경보(暴炎警報),
밤에는 열대야(熱帶夜)

추울 때는 움츠려 주저앉아지더니
더우니 늘어져 눕고만 싶다.

추우면 더울 때를, 더우면 추울 때를
생각하라 어른들은 일러주셨다.

런던 올림픽에서 보여주고 들려주는
장하고 기쁜 소식에 식은땀을 움켜쥔다.

사우디아라비아 건설공사를 하고 온 분의 말이
요즈음의 기후가 사우디아라비아 날씨와 같다 하니

이스라엘 민족이 출애굽 한 후 사십 년 광야생활을
조금은 짐작하게 하여 주심, 이 또한 은혜로다.

말씀이 기쁘고 즐거워서
말씀이 무섭고 두려워서

터질 것만 같은 감사경보(感謝慶報)
감사함을 알려주는 경사스러운 알림

잠길 것만 같은 은혜야(恩惠夜)
은혜의 바다에 묻힐 것만 같은 밤

(2012. 8. 6)

다섯 별이 모여 들고

―개천기[1]를 읽고

우리의 반만년 유구한 역사에서 사라져 버릴 뻔한
단군조선(檀君朝鮮)이 살아났다.
하나의 신화(神話)요 전설(傳說)이라며 있는 기록을 버리고
뜻있는 분의 노력으로 이어온 기록을 믿지 않았다.

역사학자도 아닌 블랙홀[2] 천체물리학 박사의 연구로
환단고기(桓檀古記)[3] 중 단군세기(檀君世紀)*
제 13세 단군 흘달(檀君 屹達) 50년조(條)에
'오성이 모여들고 누런 학이 날라와 뜰의 소나무에 깃들었다'
(五星聚婁 黃鶴來棲苑松)[4]라는 기록이 있어

박사는 소프트웨어(software)[5]를 돌려
단군 흘달 즉위 50년 되는 무진년(BC 1733) 7월
저녁 서쪽 하늘을 살펴보니 왼쪽에서 오른쪽으로
화성(火星), 수성(水星), 토성(土星), 목성(木星), 금성(金星)의 순서로
다섯 행성이 늘어섰음을 보았다.

당시의 하늘의 현상을
이처럼 관찰하고 기록한 조직과 문화를 지닌 단군조선을
어찌 신화(神話)요 전설(傳說)로 몰아버렸단 말인가

우리는 천손(天孫)의 민족이요 천부경(天符經)[6]을 받아

하늘을 우러러 보며 바르게 살아온 배달민족(倍達民族)이므로

우주의 원리를 바탕으로 한 태극(太極)을 국기에 그렸고

하느님이 보우하시는 우리나라를 애국가로 노래하고

하늘이 열린 날을 개천절(開天節)로 지키고 있다.

뿐만 아니라 말로만 국제 평화가 아닌

홍익인간(弘益人間)

세계 온 인류에게 큰 이익이 되는 일을 할 사명을 받고 있지 않은가

(2012. 8. 14)

1) 개천기는 블랙홀 천체물리학 박사 월산 박석재가 지은 책
2) 블택홀(black hole) : 초중력에 의하여 천체가 빨려들어가는 우주의 가상적인 구멍
3) 환단고기 : 1911년 계연수(桂延壽)라는 분이 편집한 것으로 삼성기 단군세기 북부여기
   태백일사 4가지의 사서(史書)
4) 단군세기 : 고려 때 행촌 이암(李嵒, 1296~1364)이 전한 책으로 단군왕검이 아사달에
   도읍하여 제 47대 단군 고열가(古列加)까지 2096년 동안 각대 단군의 재위기간에 있었
   던 주요사건들을 편년체로 기록한 것임
   "十三世 檀君 屹達 在位 六十一年 ..... 戊辰 五十年 五星聚婁 黃鶴樓苑松"
5) 소프트웨어 : 컴퓨터의 프로그램 체계의 총칭
6) 천부경 : 우리 민족의 최초의 경전으로 구전되어 내려온 것을 신지 현덕이 녹도문자(사
   슴 발짝 모양의 글자)로 기록된 것을 누군가 한자로 바꾼 것을 최치원은 최종적으로 정
   리를 하여 81자가 전하여 온다. 첫째 줄과 마지막 줄은 이렇다.
   일시무시일(一始無始一) 하늘은 시작됨이 없이 시작되었느니라
   일종무종일(一終無終一) 하늘은 끝남이 없이 끝나느니라.

풀벌레 소리 들으며

이른 새벽 들려오는 풀벌레 소리
스스르 슬쓰리르 스르스르 쏘르리르

급히 서둘라고 다급하게 재촉하며
선선한 바람 보내 힘을 준다.

갈 길이 바쁘다
할 일이 많으니 서둘란다.

"내가 너희에게 이르노니"
계속되는 임의 음성 들린다.

폭우, 폭염, 열대야
스르르 스스르 다 지나간다.

내가 내게 주고 받는 말이
스르르 스를르르 되돌아 들려온다.

"내게 죄지은 모든 사람을 용서하오니
나의 죄도 사하여 주시옵소서"

지은 죄 하나하나 고하오니
스르르 스슥스슥 사하여 주시옵소서

(2012. 8. 17)

그 있는 것, 그 있는 줄로 알고 있는 것까지도

개울물 소리 들으며

광교산 들어가는 길목에서 개울물 소리 들으며 서 있자니
깨끗한 자갈을 굴리며
쉬지 않고 흐르는 소리 이어진다.

주야장천(晝夜長川)[1]
"흘러가는 것들은 흐르는 물과 같이 밤낮없이 쉬지 않는구나"[2]
공자님은 무슨 뜻으로 하신 말씀일까

자연의 소리는 영혼의 소리요
영혼의 소리는 생명의 소리기에
영혼의 소리를 듣고 있으니 편안하구나

"항상 기뻐하라 쉬지 말고 기도하라 범사에 감사하라."[3]
지으신 임의 당부를 쉼 없이 순종하는 모습 보고 듣기에 곱구나.
아쉬울 때만 기도하여 온 나의 모습 부끄럽다.

산봉우리에 올라 사방을 둘러보며
큰 마음을 펼쳐보고도 싶었으나
편안을 품었으니 더 바랄 것이 무엇이냐

(2012. 8. 25)

1) 주야장천(晝夜長川)은 밤낮으로 쉬지 않고 흐르는 시냇물과 같이 늘 잇따름을 말함.
2) 서자여사부 불사주야(逝者如斯夫 不舍晝夜－論語 子罕)
   "흘러가는 것들은 흐르는 물과 같구나 밤낮없이 쉬지 않는구나."
   맹자(孟子)님은 이 구절에 대하여, 근원 있는 샘물이 밤낮으로 멈추지 않고 흘러가는 것
   처럼 학문에 근본이 있는 사람도 쉼 없이 학문에 정진할 것이라고 풀이하셨다.
3) 데살로니가 전서 5:16-18 말씀

그 있는 것, 그 있는 줄로 알고 있는 것까지도

야광초를 보며

아주머니 이 꽃 이름이 무어요
반가운 아주머니에게 또 물어보니

캄캄한 밤에도 하얗게 빛난다고
야광초(夜光草)라고 일러준다.

유포르비아(Euphorbia)
설악초, 초설초라고도 한단다.

흰색, 초록색의 얼룩무늬 잎에
작은 꽃이 좀생이 별 같다.

달도 별도 구름 속에 숨은 어둔 밤
밝은 길 다니라고 마련하여 주셨구나

이 세상 밤같이 어두우리니
길 찾아다니라는 사랑이 분명하다.

"밤이 오리니 그때에는 아무도 일할 수 없느니라"
일할 수 없는 밤에라도 넘어지지 말라고 보내주셨구나

(2012. 8. 25)

*요한복음 9:4 말씀과 찬송가 330 어둔 밤 쉬 되리니를 상고하며.

송홍만 제16시집

난 배운 건 없어도

여느 때처럼 광교산 버스 종점에서 걸어 내려오다가
마을회관 옆 도토리묵 파시는 할머니 곁에 앉았다.
할머니 읽고 계신 화엄경을 빼앗아 소리 내어 읽었다.

"난 깨닫지도 못하고 그냥 읽기만 해"
할머니 깨달으시면 부처님이 되신 거죠.

"큰 소원 세운 손으로 중생을 두루 덮으면서 원하시기를
일체중생이 위가 없는 보리(菩提)를 항상 뜻 두어 구하며
구걸하는 이를 보면 기뻐하며 싫어하지 않고
불법바다에 들어가 부처님 선근(善根)과 같으려 하느니라."

여기를 읽고 나니
"내 법명(法名)은 보리심(菩提心)인데
할 일이 너무 많아 책임이 무거워" 하시며

"난 배운 건 없어도 고생은 다 해 봤어
잘도 읽고 이야기도 재미있게 하는군" 하신다.

이 세상에 또 누가 있어

이처럼 잘 들어주시고 칭찬까지 해 주실까

동네 할머니들 함께 들으시며 눈물 흘리시고,
웃으시던 모습 떠올라.
별안간 할머니, 어머니 그리워 눈시울이 뜨겁고 목이 메인다.

(2012. 8. 25)

*도토리묵 파시는 할머니는 수원 상광교동에 사시는 한난춘(韓蘭春) 님이시다.
*화엄경(華嚴經) : 석가모니께서 도(道)를 이룬 뒤 27일이 되던 날에 법계(法界) 평등(平
  等)의 진리(眞理)를 증오(證悟)한 불(佛)의 만행(萬行) 만덕(萬德)을 칭양(稱揚)한 경문
  (經文)
*보리(菩提) : 도(道), 지(知), 각(覺)의 뜻으로 불교 최고의 이상(理想)
*보리심(菩提心) : '깨달음을 얻겠다는 마음' 을 뜻하며, 보살계(菩薩戒)를 받으실 때 받은
  법명(法名)임

백일홍나무 곁에서

푸른 풀밭 우아한 모습의 나무가 온통 붉은 꽃송이로다.
가까이 가서 이야기를 걸으니
이름은 백일홍나무인데, 배기롱, 배롱나무라고 부르기도 하고,
자미화(紫薇花), 간지럼 타는 나무, 원숭이 미끄럼나무라고도
부른단다.

꽃송이 중에 지는 꽃, 피는 꽃 이어져 백일 동안 붉다고
백일홍나무라니
너의 꽃말이 무어냐고 물었더니
'떠나는 벗을 그리워하다',
'떠나간 임(죽은 임)에 대한 그리움' 이라며
그 눈물겨운 사연을 일러준다.

어느 어촌에 목이 셋 달린 이무기에게
매년 처녀 한 명을 바쳐야 탈이 없어
한 청년이 그 제물로 바쳐질 처녀의 옷을
대신 입고 제단에 앉았다가
이무기 머리 두 개는 베고 한 개마저 베러 쫓아가며
성공하면 흰 깃발, 실패하면 붉은 깃발을
돛에 꽂고 온다고 하였다.

처녀가 백 일 동안 기도를 마치고 바다를 바라보니

멀리 붉은 깃발로 돌아오기에 그만 바다에 몸을 던졌으나

깃발이 붉은 것은 이무기의 머리를 벨 때 품은 피가

묻은 것이었다.

그 무덤에서는 나무 한 그루가 자라

붉은 꽃이 백일 동안 피었단다.

'어제 저녁 꽃 한 송이 지고 오늘 아침 꽃 한 송이 피어

서로 백일 동안 바라보니 네가 좋아져 한 잔 하려네' [1]

'비단 같은 꽃이 노을빛에 곱게 물들어

사람의 혼을 빼앗듯 피어 있으니 그 품격 비할 바 없네' [2]

서두르지 말고 잠시 기다릴 것을 둘 모두가 불쌍하구나

꽃들과 잎사귀 나무줄기 한 몸 되어 아름다워

자만하지 말라고 슬픈 전설을 주었나 보다

몸뚱아리를 간질이니 잔가지 잎사귀가 참지 못하고 웃는다.

(2012. 8. 25)

134

1) 성삼문의 시조
2) 강희안의 시조

집안 식구가 원수라니요

사랑의 주님께서
이 무슨 말씀이신가요

사람이 그 아버지와, 딸이 어머니와,
며느리가 시어머니와 불화하게 하려 오셨다니요
사람의 원수가 자기 집안 식구라니요

네 부모를 공경하라,
긍휼히 여기는 자, 화평하게 하는 자 복이 있다고
일러주시지 아니 하셨습니까

조용히 소리 있어
일러주신다.

하나님의 나라에 들어가려면 합당한 자라야 하며
합당한 자가 되려면 부모, 처자, 전토(田土), 이 모든 것보다
하나님을 더 사랑하여야 한다는 말씀이군요

이러한 자는
흰 옷 입은 자이며, 이긴 자이며,

하나님의 나라에 들어갈 합당한 자이군요.

나중으로 미루지 말고 지금 실행하여
세상 모든 것보다
하나님을 더욱 강하게 믿겠나이다.

(2012. 8. 27)

*출애굽기 20:12, 마태복음 5:7-9, 10:35-36, 요한계시록 3:4-5, 7:13-14, 21:7

그 있는 것, 그 있는 줄로 아는 것까지도

"무릇 있는 자는 받아 넉넉하되,
없는 자는 그 있는 것까지도 빼앗기리라."[1]

"누구든지 그 있는 자는 받겠고,
없는 자는 그 있는 줄로 아는 것까지도 빼앗기리라."[2]

우리를 불쌍히 여겨주시는 하나님 아버지시여!
어찌하여 그 있는 것, 그 있는 줄로 아는 것까지도
빼앗기리라 하시나요

마음에 간직한 그 것, 더 나아가 가지고 있는 줄로 아는 것까지
빼앗기리라 하시나요
두렵습니다.

조용히 들려오는 소리 있어
자세히 들려주신다.

더디 믿는 작은 자야, 두려워하지 말라
네가 세상 살아오며 보고 듣지도 못하였느냐

넉넉한 자일수록 노력하고 절약하여 재산이 늘어나고
가난한 자일수록 게으르고 낭비하여 재산이 줄어지고

공부 잘하는 자일수록 열심히 공부하여 뜻을 이루고
공부 못하는 자일수록 마침내 알고 있는 것도 잊는 것

어머니가 음식을 만들어 자녀에게 주었을 때
맛있게 먹는 아이에게 더 주고 싶고
맛없게 먹는 아이에게는 더 주기는커녕 빼앗고 싶지 않겠느냐

귀하게 듣는 자에게는 더 일러주고 싶고
그렇지 아니 한 사람에게는 들은 척하는 것까지도
빼앗고 싶은 것

천국에 대한 비유의 말씀도[3]
제자들은 알지 못하여 주님께 여쭈러 왔기에
더 알려주고 싶어 자상하게 일러주어 아는 것이 늘어났으니
말씀으로 이미 알고 있는 지혜와 지식이 더하여지고

종교지도자라고도 하며, 지식인이라고도 하는 서기관,

율법사, 바리새인들은

모르면서도 스스로 안다고 생각하는, 말씀이 없는 자로서

모르는 것을 알려고 하지 아니 하고,

나름대로 알고 있다는 것까지도

오해와 와전으로 말미암아 없어지니 빼앗기게 되는 것이다.

그 있는 것, 그 있는 줄로 아는 것뿐이랴

내 이름으로 등기, 등록, 신고된 것이며

내 것이 된 것으로 믿고 있는 것이며

사랑 받고 있는 줄로 알고 있는 것이며

늘 곁에 있어주리라 알았던 것까지도 빼앗기리라.

(2012. 8. 28)

1) 마태복음 13:12 〈even the little he has will be〉
2) 누가복음 8:18 〈what he thinks he has shall be〉
3) 마태복음 13:18-23, 마가복음 4:13-20, 누가복음 8:11-15

손수레 두 바퀴를 보라

한 사람이 손수레(手車, cart)를 끌고
신작로(新作路)를 지나고 있다.

어디선가 소리가 들려온다
저 손수레의 두 바퀴를 보라.

두 개 중에 하나가 고장이 난다면
어찌 되겠느냐

아차!
착한 마음, 악한 마음 설치는 내 마음 속
두 마음 다 있어야 평안하겠구나.

여당, 야당 떠들어대어도
둘 다 있어야 오른 편을 알겠구나

옥석구분(玉石俱焚)
옥이나 돌 모두 불에 탄다고 했지

선악을 알게 하는 나무의 열매를 먹었으니

140

두 마음 다스리며 살아야 할 일이로구나

여기서
꿈이 깨었다.

(2012. 8. 30)

이 또한 지나가리라 (2)

두 차례 태풍이 이어서 지나간 뒤 전화를 받으니
날라갈 듯한 태풍 속을 자동차 안에서
'이 또한 지나가리라' *를 외우며
용기를 얻었단다.

다윗 왕이
전쟁에 승리하면 미치도록 기쁘고
패전을 하면 슬퍼 가슴이 아프다며

궁중(宮中)의 세공(細工)을 불러
금반지를 만들되
승리를 하거나 실패를 해도
마음 편하게 해 줄
말 한 마디를 새겨오라 명했다.

세공은 금반지는 만들었는데
새겨 넣을 한 마디를 궁리 끝에
솔로몬왕자께 말씀 드려 새겼다.

'이 또한 지나가리라.' (This, too, shall pass away)

승전의 기쁨도 지나가고,
패전의 슬픔도 지나가리라
즐거움도 지나가고,
괴로움 또한 지나가리라.

(2012. 8. 31)

*나의 제 15시집에 있는 시(詩)로 유대교 경전 주석서인 미드라쉬(midrash)에 '다윗의 반
 지'를 읽고 지은 시임.

그 있는 것, 그 있는 줄로 알고 있는 것까지도

땅에 있는 자를 아버지라 하지 말라

태풍 둘이 줄이어 할퀴고 가더니
이른 새벽 풀벌레소리
나의 새벽을 연다.

"땅에 있는 자를 아버지라 하지 말라
너희의 아버지는 한 분이니 곧 하늘에 계신 이시니라." [1]
무슨 말씀이신가

네 부모를 공경하라 [2] 계명을 주셨는데
왜 이런 말씀을 하셨을까
낳으신 아버지를 아버지라 부르지 말라는 것일까

야곱은 이삭을 아버지라 불렀고 [3]
요셉은 형들에게 내 아버지께서 아직 살아계시니이까 [4]
요나단은 다윗에게 내 아버지 사울이 너를 죽이기로 꾀한다 [5]
솔로몬은
여호와여, 종의 아버지를 대신하여 왕이 되게 하였사오나, [6]
땅에 있는 육신의 아버지를 아버지라 불렀고,

엘리사가 회오리바람으로 하늘로 올라가는 엘리야를 보며,

내 아버지여, 내 아버지여 하였고[7]
이스라엘 왕이 엘리사에게 내 아버지여 내가 치리이까 하였고[8]
부자가 음부에서 아브라함을 보고
아버지 아브라함이여 하였으니[9]
땅에 있는 육신의 아버지도 아닌 자를
아버지라고 부르기도 했지 아니 한가

누구에게 하신 말씀인가 다시 읽어보니
당시 유대교에서 아버지라 추앙을 받고 있던
서기관, 바리새인, 랍비, 선생, 지도자, 율법교사들을
꾸짖으시며 하신 말씀이 아닌가

모세의 권위를 대행한다고 자칭하는 서기관
나의 주, 나의 선생님이란 뜻의 랍비
율법을 지키는 데 집착하여 주님의 사역을 정죄한 바리새인
이들은 그 자리에 오르려 아버지라 아첨했을 것이고
또 아버지라 아첨을 받았으리라.

사도 바울이 고린도 교회에 보내는 편지에서
그리스도 안에 일 만 스승이 있으되 아버지는 많지 아니 하니

그리스도 예수 안에서 내가 복음으로 너희를 낳았다[10)

또 그리스도 예수의 사도된 바울은
믿음 안에서 참 아들 디모데에게 편지하노니 하였다.[11)

오직 아버지는 창조주이신 하나님이시니
우리도 그로 말미암아 있다[12)
이렇게 아버지를 바르게 일러주셨구나.

예수님께서는 우리말을 참말로 정확하게 하셨구나
'땅에 있는 자'를 아버지라 하지 말라 하셨으니
이는 우리를 낳으신 분(육신의 아버지)이 아니오
땅에 있는 자, 서기관 바리새인 율법교사 등을
아버지라 부르지 말라 하신 것이로구나

땅에 있는 자를 아버지라 부른 사람들,
그렇게 불리어진 사람들 적지 아니 하였고,
아직도 그런 사람들 남아 있구나.

(2012. 9. 1)

146

1) 마태복음 23장 9절
2) 출애굽기 20장 12절
3) 창세기 27장 18절
4) 창세기 45장 3절
5) 사무엘 상 19장 2절
6) 열왕기 상 3장 7절
7) 열왕기 하 2장 11절-12절
8) 열왕기 하 6장 21절
9) 누가복음 16장 23절-24절
10) 고린도 전서 4장 15절
11) 디모데 전서 1장 1절-2절
12) 고린도 전서 8장 6절

네 오른 손이 너로 실족하게 하거든

나이 일흔이 넘어도 꿈 속에는 어린 시절
또래와 바닷가 모래밭에 앉아 놀고 있는데
또래가 도마뱀 꼬리를 붙잡으니
도마뱀은 꼬리를 버리고 도망가 버린다.

꿈 깨어 생각해 보니
도마뱀은 지혜롭구나
꼬리를 버리지 아니 하면 죽을 것이고
버리면 살겠으니까.

"만일 네 오른 손이 너로 실족하게 하거든 찍어 내 버리라.
네 백 체 중 하나가 없어지고
온 몸이 지옥에 던져지지 않는 것이 유익하니라." [1]

네 오른 눈이 [2], 네 손이나 발이 [3], 네 눈이 [4],
네 손이 [5], 네 발이 [6], 네 눈이 [7]
줄이어 떠오른다.

영생에 들어가려면,
죄의 꼬리를 잘라 버려야 하고

그것은 손을 자르는 것, 눈을 빼 버리는 것보다
더 아픈 고통이 따른다는 말이리라.

눈먼 자, 절뚝발이가 되어서라도 천국에 가야지
두 눈, 두 발로 지옥에 가는 것은
참을 수 없는 영원한 고통이니
무슨 짓을 다해서라도 지옥에는 가지 말라고
은밀히 알려 주심이로다.

찍어 버려야 할 것은
내연관계, 동성연애, 성폭력, 성 매매, 이성 친구, 이혼,
음란물 보기,
음욕을 품고 여자를 보는 것, 마약복용, 술 취함,
뇌물 주고 받는 것,
애완동물은 보살피며 노부모는 버려두는 것, 형제에게 노함,
남을 비판함,
하나님보다 돈을 더 사랑하는 것, 탐욕,
결혼은 하되 아이를 낳지 않는 것,
악한 자에게 대적하는 것,
두어 가지 아직 찍어버리지 못한 꼬리

순간의 고통을 참고 잘라버리어
은밀히 알려주신
천국에 가는 길을 따라간다.

(2012. 9. 2)

1) 마태복음 5장 30절
2) 마태복음 5장 29절
3) 마태복음 18장 8절
4) 마태복음 18장 9절
5) 마가복음 9장 43절
6) 마가복음 9장 45절
7) 마가복음 9장 47절

죄의 꼬리를 잘라냈더니

저물어 가고 있는 고향 길을 걸어
묘가 줄지어 있는 모퉁이를 돌아가고 있었다.

팔뚝 굵기의 큰 구렁이가
길을 가로질러 지나고 있다.

순간 몽둥이로 내려쳤더니 두 동강이 났는데
윗부분이 달려들면서
산 줄기 따라 멀리 떠나가니 살려달란다.

젖 먹던 힘을 다하여 사정없이 난타하니
찢어지고 문드러져 형태를 알아볼 수 없게 되었다.

숨을 돌리고 둘러보니 아무도 보이지 않아
혼자 숨을 돌리며 기뻐하였다.

꿈을 깨고 생각해 보니
평생에 닭 한 마리 잡아보지 못 했는데
용기가 어디서 났을까

'네 오른 손이 너로 실족하게 하거든' 이라는 시를 쓰며
말씀 따라 죄의 꼬리를 잘라 버린다 했더니
꿈속에 실천을 했나 보다.

(2012. 9. 3)

점포정리

길을 지나다 보면 문 닫은 점포에
'점포정리' '반값처분' 이라 써 붙인 것을 종종 본다.

그때다다 가슴이 뭉클해지며
경기가 좋아질 날을 멀리 바라본다.

아주대학교 병원 2층 내분비대사내과 앞에서
진료차례를 기다리다가 맞은 쪽을 보았다.

'호흡기내과' '감염내과' 간판만 남고 텅 비어 있어
점포정리를 하는가 보다 생각하면서

찾아오는 환자가 없어 문을 닫았다면
좋은 일 아닌가 하며, 속으로 기뻐했다.

진료를 마치고 '환자처방 안내문' 을 주면서
"다음에 오실 때에는 3층으로 오세요" 한다.

의아해 하는 것을 눈치 채고
"내분비대사과도 3층으로 이사를 가요" 한다.

가끔은 미리 짐작하는 것이
더 좋은 때도 있다.

(2012. 9. 4)

154

거미줄을 보며

상광교동 회관 앞 천막 아래 대여섯 이어진 채소가게
두어 군데만 아주머니가 계시고, 다른 아주머니들 아니 보인다.

비어 있는 자리에 쳐진 거미줄을
지팡이로 걷어내고 있자니

한 아주머니가 다가와서
태풍이 휩쓸어 가서 팔 것이 없어 못나온다 하고

다른 아주머니는
거미줄을 하룻밤 사이에 쳐 놓더라고 한다.

"살아 있는 사람 목구멍에 거미줄 치랴"
취직시험에 낙방할 때면 어머님은 위로해 주셨다.

이 말씀에 용기를 얻어
다시 준비하여 공직에 30여 년을 조용히 마치었구나.

재해를 입으신 여러분도
용기를 찾아 복구하시기를 간절히 바랍니다.

(2012. 9. 8)

그것도 먹는 건가요

광교산길 따라 걷다 보면 먹을 것이 이어진다
나뭇가지에 덩굴져 벋은 줄기에
흰 꽃이 향기를 피워 벌들이 모여들었다.

잎사귀 사이를 살펴보니 노리개처럼 생긴 열매
찾는 대로 따서 주머니에 넣으면
지나는 젊은이들 "그것도 먹는 건가요" 한다.

박주가리를 쪼개면 아직 영글지 아니 한
새박이 연하여 먹기에 좋은데
맛이 있어 먹는 게 아니고 어릴 적 그리워 먹을 뿐이다.

뿌리는 하수오(何首烏)라 하여
강장(剛腸), 강정(强精), 완하제(緩下劑)로 쓰이며

열매 속의 씨, 새박은
허로(虛勞)를 다스리고 정기(精氣)를 돕고, 음도(陰道)를 강하게 하며

흰 털은
인주(印朱)를 만들 때에 솜 대신 쓰인단다.

잎사귀나, 열매를 따면
젖 같은 흰 물이 나오나 맛은 쓰지 않다.

주머니에서 꺼내 까먹으며
떠오르는 옛 또래들 그리움에 산 너머 고향 바라본다.

(2012. 9. 15)

157

나중 된 자로서 먼저 될 자가 많으리라

낙타가 바늘 귀로 들어가는 것이
부자가 하나님 나라 들어가는 것보다 쉬우리라
그렇다면 누가 구원을 얻을 수 있으리까
모든 것 버리고 따랐는데 무엇을 얻으리까

새로운 세상 되어 인자가 영광의 보좌에 앉을 때
너희는 열두 보좌에 앉아 이스라엘을 심판하고
내 이름을 위하여 집, 형제, 부모, 자식, 전토를 버린 자
여러 배를 받고 영생을 상속하리라.

그러나
먼저 된 자로 나중 되고,
나중 된 자로 먼저 될 자가 많으리라.
(마19: 23-30 막10: 23-31)

포도원 품꾼 중 먼저 온 자들이 원망하되
한 시간 일한 나중 온 자에게도
온 종일 일한 우리와 같은 품삯을 준다 하자

이것이 내 뜻이니라

내 것을 가지고 내 뜻대로 할 것이 아니냐
이와 같이
나중 된 자로서 먼저 되고
먼저 된 자로서 나중 되리라.
(마20:10-16)

좁은 문으로 들어가기를 힘쓰라
들어가기를 구하여도 못 들어가는 자가 많으리라
주인이 문을 닫은 후 열어주소서 하면
너희가 어디서 온 자인지 알지 못한다 하리니
주 앞에서 먹고 마셨으며 길거리에서 배웠나이다 하나
행악한 모든 자들아 떠나가리라 하리라

아브라함, 이삭, 야곱, 모든 선지자는 하나님 나라에 있고
오직 너희는 밖에 쫓겨나 슬피 울며 이를 갈리라.

사람들이 사방으로부터 와서
하나님의 나라 잔치에 참여하리니
보라
나중 된 자로서 먼저 될 자도 있고

먼저 된 자로서 나중 될 자도 있느니라.
(눅13:22-30)

낙타가 바늘 귀로 들어가는 것
사람은 할 수 없으나
하나님께서는 다 하실 수 있느니라
(마19:26, 막10:27)

나중 온 이 사람에게 너와 같이 주는 것이 내 뜻이니라
(마20:14)

나는 너희가 어디서 왔는지 알지 못하노라
(눅13:27)

구원을 받는 것은 오직 하나님의 뜻이니
늦었다 낙심하지 말고,
늦게 믿었다 실망하지 말고
늦게야 일할 수 있는 은혜에 감사하며
나중 된 자로서 먼저 될 자가 많으리라는 말씀 믿고
노을진 하늘을 바라보며 걸어간다.

(2012. 9. 20)

추석을 앞두고는 더더욱 그렇다

이런 날이면 마냥 걷고 싶다
들길도 좋고, 산길도 좋고,
물가 길도 좋다.

추석을 앞두고는 더더욱 그렇다
고향 시골에라야 손윗사람이 없고
또래들도 다들 하늘 동네 놀러갔다.

배낭 메고 얕은 산 정겨운 곳
바다가 보이고 들판이 보이면
더 바랄 것 없이 좋다.

하늘을 흐르는 구름을 보며
땅을 구르는 추억을 더듬으며
모든 것이 다 그런 거라는 답을 받자.

달리는 열차의 창문 뛰쳐나와 달려오는
잊었던 기억 되돌려 보내며
멀리 사라지는 모습에 눈물 숨기리라.

견디기 힘든 그리움이나
보고 싶어 내어뱉은 원망이
본바탕은 미움이 아니었구나.

(2012. 9. 21)

162

아가서에 피어난 세 송이 백합화

노래 증에 노래인 아가(雅歌)에
세 송이 백합화가 아름답고 향기롭게 피어 있다.

(1) 신부를 사랑하는 신랑 백합화

내 누이 내 신부야
네가 내 마음을 빼앗았구나(아4:9)

"누구든지 하나님의 뜻대로 하온 자는
형제요 자매요 모친이니라." (막3:35)

나의 사랑 너는 어여쁘고
아무 흠이 없구나(아4:7)

"주님은 우리를 사랑하여
마음, 말씀, 사랑과 생명까지 주셨습니다" (마20:28)

내 누이, 내 신부는 잠근 동산이요
덮은 우물이요 봉한 샘이로구나(아4:12)

“네 마음을 다 하고 목숨을 다 하고 뜻을 다 하여
주 너의 하나님을 사랑하라.”(마22: 37)

⑵ 신부의 사랑을 받는 신랑 백합화

남자들 중에 나의 사랑하는 자는
수풀 가운데 사과나무 같구나(아2:3 앞부분)

내가 그 그늘에 앉아서 심히 기뻐하였고
그 열매는 내 입에 달았도다.(아2:3 뒷부분)

“주의 말씀의 맛이 내게 어찌 그리 단지요
내 입에 꿀보다 더 다니이다.”(시119:103)

“경우에 합당한 말은
아로새긴 은쟁반에 금사과니라.”(잠25:11)

그가 나를 인도하여 잔칫집에 들어갔으니
그 사랑은 내 위에 깃발이구나(아2:4)

"신랑이 오므로 준비하였던 자들은
함께 혼인 잔치에 들어가고"(마25:10)

(3) 하나가 된 신랑신부 백합화

내 사랑하는 자는 내게 속하였고
나는 그에게 속하였도다(아2:16)

나는 내 사랑하는 자에게 속하였고
내 사랑하는 자는 내게 속하였으며(아6:3)

"그날에는 내가 아버지 안에, 너희가 내 안에,
내가 너희 안에 있는 것을 너희가 알리라."(요14:20)

"아버지여 아버지께서 내 안에,
내가 아버지 안에 있는 것과 같이
그들도 다 하나가 되어 우리 안에 있게 하사
세상으로 아버지께서 나를 보내신 것을
믿게 하소서"(요17:21)

주님은 교회의 신랑이요 교회는 주님의 신부
교회는 주님의 사랑을 받고, 주님만을 사랑하며
영원히 하나 되어 아름답고 향기로운 백합화로 피어나야지

(2012. 9. 22)

회초리 맞으니

법원 초급공무원시절 법원장을 모시고 있는데
어느 날 노하신 표정으로 돌아오셔
어느 잘못에 내가 관여된 것으로 잘못 알고 계신 듯하여
종아리를 걷어 올리고 다가가서
때려달라고 하며 고개를 숙였다.

얼마를 맞았는지 피가 흐르는 것 같은데도
아프지를 않고 도리어 시원하다.
내 잘못이 없다고 하지 않아도
잠시 후에는 밝혀질 것이라 생각되기 때문인가
아프기는커녕 하도 시원하여 즐겁기까지 하다.

조용히 깨어 보니 꿈이었다
깨어서도 즐거움은 계속되어, 지난날을 곰곰이 생각해 보니
어른, 선생님, 직장 상사에게서
회초리는커녕, 꾸지람 한 번 듣지 않았다.
군복무중 연대기합은 받았어도.

주변 사람들이 잘못 보고 매를 들지 않은 걸까
사람들의 표준으로는 그랬겠지,

잘못이 없어서가 아니라.
그런데 잘못이 없이 자청해 맞는 회초리는
아프지 않고 시원한 것은 무슨 연유일까

(2012. 9. 24)

*법원장은 장순룡(南冥 張淳龍) 님이다.
*연대기합(連帶氣合) : 군대 단체훈련에서 한 병사가 잘못을 하면 그 병사가 속한 집단(분
대, 소대, 중대 등)의 병사가 이유 없이 모두 벌을 받는 것.

168

숨은 양

교회 친교마당에서 청년 서넛이 가슴에
"숨은 양을 찾습니다" 라고 쓴 글 판을 걸고 있다.

'숨은 양' 은 무엇을 의미하는 것일까
생각할수록 기발한 의미가 들어있을 듯하다.

성경사전, 인터넷 검색을 하면 할수록
더더욱 궁금하고 신기롭기까지 하다.

숨은 양은
고등학교를 졸업했으나,
아직 결혼하지 아니한 바로 당신이란다.

교회 나오다가 숨어버린 현대판 은둔자(隱遁者),
목자의 전하는 말씀 듣지 않고 몸만 와 있는 자

나 또한 숨은 양이 아닌지
깊은 생각에 빨려 들어가는구나

(2012. 9. 24)

달이 좋아하는 사람

달을 좋아하는 사람은 들어보았어도
달이 좋아하는 사람은 들어보지 못했다.

할머니 손잡고 아장아장 재너머 일 가신 엄마
앞질러 마중 나서 길 밝혀 주었다.

할머니 어머니 하늘나라 가신 뒤
그 자리 지켜 생전의 임의 말씀 되새겨 주었다.

힘든 고개 오르내릴 제면
앞에서 뒤에서 잡아도 주었다.

달은 높고 멀리 있어도
나에게만은 초고속으로 달려온다.

어쩌다 그믐밤이면
꿈길로 쏜살같이 달려와 파고든다.

모르는 척 몸 돌려 누우면
계수나무 약 한 첩에 광채가 방안 가득하다.

귀한 약을 다려먹고
가볍게 걷는 모습 보여주고 싶다.

달아
네가 날 좋아하는 것을 알면서도 수줍어 말 못한다.

(2012. 9. 26)

세 사람 안에 숨은 주님의 그림자

―룻기를 읽고

베들레헴에 흉년이 들어 엘리멜렉과 나오미 부부는
두 아들을 데리고 모압 땅에 가서 살다가 두 며느리를 맞았으나
나오미는 남편과 두 아들을 잃고 두 며느리와 살다가
얼마 후 고향에 풍년이 들었다는 소식을 듣고
며느리 룻과 둘이서 고향에 돌아와 룻을 보아스가 아내로 삼아
안정되고 행복한 여생을 마치었다.

(1) 나오미 안에 숨은 주님의 그림자

나오미라는 이름의 뜻은 '우리의 기쁨' 인데
주님은 나의 기쁨, 우리의 기쁨이다.

"우리는 몸으로 있든지, 몸을 떠나든지
주를 기쁘시게 하는 자가 되기를 힘쓰노라." (고후5:9)

나오미는 이방나라에 가서 숱한 고난, 슬픔을 당하였으나
조금도 낙심, 절망, 원망하지 아니 하고
고향을 사모하다가 돌아와 생활의 안정과 행복을 누리었고

주님은 영광스러운 하늘나라를 떠나 이 세상에 오셔

말할 수 없는 멸시, 천대, 고난을 당하셨으나
부활 승천하서 하나님의 우편에 앉아계시다.

(2) 룻 안에 숨은 주님의 그림자

룻은 이방나라 모압 여자이지만, 나오미의 효성스런 며느리로
남편이 죽은 후에도 시어머니를 떠나지 않고
베들레헴에 따라와 보아스와 재혼하여
아들 오벳을 낳아 다윗 왕의 증조할머니가 되어
예수님의 족보에까지 그의 이름이 올랐다.(룻4:21-22, 마1:5-6)

어거니의 백성이 내 백성이 되고
어머님의 하나님이 나의 하나님이 되리니
어머니께서 죽으시는 곳에서
나도 죽어 거기 묻힐 것이라(룻 1:16-17 중)

"내가 하늘에서 내려온 것은 내 뜻을 행하려 함이 아니오
나를 보내신 이의 뜻을 행하려 함이니라." (요6:38)
"내 아버지여 만일 할 만하시거든
이 잔을 내게서 지나가게 하옵소서

그러나 나의 원대로 마시옵고 아버지의 원대로 하옵소서."

(마26:29)

(3) 보아스 안에 숨은 주님의 그림자

보아스는 룻이 이방여자였으나
자기 친척에 대한 의리를 지켜서 아내로 삼았다.
"너희 딸을 할례 받지 아니한 이방에게 주지 말고,
이방 우상을 섬기는 이방의 딸을 너희가 취하지 말라"는
엄격한 규례가 있으나,
예외적으로 이방사람이 이스라엘 사람 되는 것을 허락하였다.

주님도 이방사람인 우리를 구원하셔
교회를 세우시고 신부를 삼아
신령한 자녀를 많이 낳았으니
이는 우리가 많은 사람을 주께로 인도하여 들인 자들이다.

보아스가 룻과 결혼하여 행복한 가정을 이룩하고
훌륭한 자녀를 낳아
다윗 왕의 증조할아버지가 되는 영광을 누린 것과 같이

주님도 우리를 죄에서 이끌어내어 교회를 세우고 신부 삼아
많은 자녀를 낳고 영광을 받고 계시다.

나오미 안에는 고난 당하신 수난의 주님,
효부(孝婦) 룻 안에는 순종의 주님,
보아스 안에는 영광스런 주님의 그림자를 보며
고난을 참고 순종하여 영광을 누리기를 소원합니다.

(2012. 9. 28)

사무엘이 입고 있는 주님의 옷

에브라임 사람 엘가나의 아내 한나는 아들이 없어
만군의 여호와께 아들을 주시면
그를 여호와께 드리겠다고 하여(삼상1:11)
아들을 낳아 이름을 사무엘이라 하였으니
이는 여호와께 그를 구하였다 함이러라.(삼상1:20)
젖을 떼자 서원한 대로 주께 바쳤으며
하나님께서 그에게 복을 주사
그의 말이 하나도 땅에 떨어지지 않게 하셨다.(삼상3:19)

이스라엘의 마지막 사사, 선지자(대하35:18),
선견자(삼상9:19),
제사장(삼상7:9), 통치자(삼상7:15-16)로
라마에 주거를 정하고 이스라엘을 통치하며 제단을 쌓았다.
뇌물을 받거나 사람을 억울하게 한 일이 없고
언제든지 주님의 편에 서서 주님의 뜻을 좇아 움직였다.

사무엘은 주님과 같이 선지자의 옷을 입었다.
선지자는 하나님의 말씀을 받아서
모든 백성에게 전하는 사람으로 대언자, 예언자라고도 한다.

사무엘은 주님과 같이 제사장의 옷을 입었다.
제사장은 백성을 위하여
하나님께 제사하고 기도하는 사람이다.

"라마에도 여호와를 위하여 제단을 쌓았더라"(삼상7:17)
"나는 너희를 위하여 기도하기를 쉬는 죄를
여호와 앞에 결단코 범하지 아니 하고
선하고 의로운 길을 너희에게 가르칠 것인즉"(삼상12:23)

사무엘은 주님과 같이 통치자의 옷을 입었다.
통치자는 나라를 다스리는 사람이다.
"사무엘이 사는 날 동안에 이스라엘을 다스렸으되
해마다 벧엘, 길갈, 미스바로 순회하여
그 모든 곳에서 이스라엘을 다스렸고"(삼상7:15-16)

(2012. 9. 29)

예수 그리스도에 대한 예언
— 시편 중에서

장차 오실 메시아에 대한 예언으로 가득한 시편 속에
예수 그리스도의 탄생, 수난, 죽음, 부활, 재림
다 기록되어 있도다.

내가 여호와의 명령을 전하노라
여호와께서 내게 이르시되
너는 내 아들이라 오늘 내가 너를 낳았도다(시2:7)

내 겉옷을 나누며
속옷을 제비 뽑나이다(시22:18)

나는 물같이 쏟아졌으며 내 모든 뼈는 어그러졌으며
주께서 또 나를 죽음의 진토 속에 두셨나이다(시22:14-15)

이는 주께서 내 영혼을 스올에 버리지 아니 하시며
주의 거룩한 자를 멸망시키지 않으실 것임이니이다.(시16:10)

그가 임하시되
땅을 심판하러 임하실 것임이라(시96:13)

(2012. 9. 30)

삶의 부호(符號)

내가 살아 온 길에는
삶의 부호(符號), 가감승제(加減乘除)가 있다

한 푼이라도 적다 아니 하고
더하기(＋)를 하며 살았다

곱하기(×)도 하고 싶지만
어쩌다 영(0)을 곱하면 헛(0) 일이 된다

사람들은 나누며(÷) 살라지만
내 몫까지 제 것으로 안다

그래서
조금 빼기(－)를 해 준다

모든 사람을 같게(=) 한다는 말은
자칭 지도자의 속임수이다.

(2012. 10. 1)

삶의 교통신호(交通信號)

삶의 길에서도 지켜야 할 신호가
삶의 교통신호(交通信號)이다.

모르는 길은 물어서(?) 가고
기쁘고 즐거움을 느끼며(!) 가자

힘들면 잠시 쉬어(,) 가고
피곤하면 푹 쉬고(.) 가자

옳은 길 만나면 직진하고
못 갈 길 들어섰으면 돌아가자

되돌아갈 수 없으면
좌로나 우로 빨리 빠져 나가자

(2012. 10. 2)

180

누리장나무 곁에서

개울물 소리 들으며 걷다가 누리장나무 곁에서
발걸음이 멈추어진다.
욕을 하면 방귀냄새를 풍긴다며
조심스럽게 잎사귀를 따다 코앞에 대주던
또래의 말대로 "야 임마!" 하니 고약한 냄새가 코를 찔렀다.

하얀 꽃잎 다섯 장 속에는 길게 나온 암술 네 개와
짧은 수술 두 개
볼수록 순박하고 조용하여 간직한 이야기 타래를 풀을 듯하다.
옆에 있는 꽃은 연한 분홍색으로 변한 꽃부리가
자주색으로 변한 꽃받침 위에 남색 열매가
보석같이 빛나고 있다.

'친애(親愛)' '깨끗한 사랑' 이라는 꽃말처럼
착한 사랑의 이야기를 들려준다.
어느 마을에 백정 한 분이 아들이 장가를 가지 못하여 걱정인데
그 총각이 이웃 잔칫집 일을 거들다가
양반(兩班) 집 처녀와 마주친 후
짝사랑에 빠져 얼굴이라도 보려고 그 집 앞을 배회하다가
처녀의 아비가 관가에 고하여 매질을 당하고

등에 업혀 오다가
담너머 처녀의 눈과 마주쳤는데
연민에 어린 눈길을 바라본 총각은
눈물을 흘리며 돌아와 저녁에 죽었다.

그 후 처녀가 친척집에 다녀오다가 그 무덤 옆을 지나는데
발이 떨어지질 않아 같이 오던 동생이
갖은 힘을 다해도 소용이 없어
달려가 어른들께 알려 함께 달려와 보니 언니는 이미 죽었다.

부모들이 합장(合葬)해 버렸더니
이듬해에 그 무덤에서 나무 한 그루가 자라
누가 건드리면 고약한 냄새를 풍겨
사람들은 백정의 고기 비린내라고 하다가
누리장나무라고 불렀단다.

아니다
너희에게는 숨어 있는 그윽한 향기와
아름답게 윤나는 열매가 있다.
세상에서 누릴 짧고 헛된 사랑보다

변함없는 사랑으로 얼싸안고
한 그루 나무가 되어 해마다 아름다운 꽃과
보석같이 빛나는 열매를 맺어
건드리지 아니 하면 향기와 보석을
이렇게 베풀고 있지 아니 하냐

(2012. 10. 3)

구절초 옆에서

뿌리 줄기 잎사귀 꽃잎 향기를 살펴보고
알 만한 노인에게 묻기도 하고, 검색(檢索)도 해 보나
분명 그 꽃이라 믿기에는 의심스럽기만 하다.

외가에 가는 길 고개 넘고 물을 건너 쉬어가며
엄마가 일러주신 꽃송이 그 귀여운 얼굴
청주 우암산 기슭 외로운 타향에서
다가와 속삭여 주던 그 어여쁜 얼굴
천왕봉 칠선계곡에 힘 다하고 추성리 길가에서
반겨주던 그 반가운 얼굴

'어머니의 사랑' '고상함' '밝음' '순수함' '우아한 자태'
꽃말도 그 모습 그대로이다.

오월 오일 단오절에 다섯 마디 생기고
구월 구일 아홉 마디 된다고 구절초(九節草),
구월 구일 꺾어야 약효가 더 있다고 구절초(九折草),
꽃 모양이 신선보다 깨끗하고 아름다워 선모초(仙母草)

마디진 줄기에 잎사귀는 두 번 깊게 갈라지고

184

줄기 끝에 하얗고 큼직한 꽃 한 송이 핀다.

아기 갖지 못한 아낙이 구절초 달인 물 마시며
지성을 드려 아이를 가졌다는 전설이 있다지

그리도 귀하고 보고 싶던 것이 새로 만든 공원에
너무 많이 피어 있어 의심스러워함은 무슨 연유일까

마디가 없는 것을 보니
구절초가 아닌 듯하구나

(2012. 10. 6)

*혼히 들국화라 부르는 것은 구절초, 쑥부쟁이, 개미취, 벌개미취, 감국(甘菊) 등을 말하는
 데 그것을 구별하기가 쉽지 않구나.

그 있는 것, 그 있는 줄로 알고 있는 것까지도

경천애인(敬天愛人)

이른 새벽 어느 집 앞을 지나다 보니
버리는 액자에 네 글자가 뚜렷하다

'敬天愛人'
하나님을 지극정성으로 섬기고
이웃을 내 몸과 같이 사랑하라

"네 마음을 다하고, 목숨을 다하고,
뜻을 다하고, 힘을 다하여
주 너의 하나님을 사랑하라
네 이웃을 네 자신과 같이 사랑하라"[1]

시 한 수가 떠오른다
"땅 위에서 천국을 찾지 못하는 사람은
하늘에서도 찾지 못 할 것이다
하나님의 거주지는 바로 우리 집 옆이며
그의 가구(家具)는 사랑이다."[2]

살아온 날을 돌아보니 태부족(太不足)한 모습
어찌 해야 좋을지 간절히 기도할 뿐이로다.

(2012. 10. 14)

1) 마가복음 12장 30절 31절 말씀
2) 최종수 님 지으신 "대표작품의 번역 및 해설 미국 종교시의 궤도"에 게재된, 에밀리 딕
   킨스(Emily Dickinson, 1830~1886)의 시(詩) '지상에서 천국을 찾지 못하는 사람은'
   Who has not found the heaven below
   Will fail of it above
   God's residence is next to mine,
   His furniture is love.
   최종수 님은 고려대학교 박사(영미문학 전공) 총신대학교, 서울여자대학교, 한국외국
   어대학교 각 교수, 혜천대학장 각 역임.

187

부록, 남양부사 윤계 순절비문과 번역문

府使贈叅判尹公殉節碑(篆題)

부사증참판윤공순절비(전제)

有明朝鮮國忠臣 贈嘉善大夫吏曹叅判龍原君行通訓大夫南陽
府使尹公殉節碑

유명조선국충신 증가선대부이조참판용원군행통훈대부남양
부사윤공순절비

大匡輔國崇祿大夫議政府右議政兼領經筵事監春秋館事世子傅
宋時烈記

대광보국숭록대부의정부우의정겸영경연사감춘추관사세자부
송시열 짓고

正憲大夫議政府左叅贊兼成均館祭酒 世子贊善宋浚吉書

정헌대부의정부좌참찬겸성균관제주 세자찬선송준길 쓰고

嘉善大夫平安道觀察使兼兵馬水軍節度使兩西管餉使平壤府尹
閔維重篆

가선대부평안도관찰사겸병마수군절도사양서관향사평양부윤
민유중 전(篆)하다.

崇禎丙子十二月 虜兵築長圍以絶南漢路 又分兵以鈔 旁縣

숭정(明나라 年號) 병자년(인조 14년 1636) 12월 노병(虜兵)이

포위망을 길게 구축하여 남한산성의 길을 끊고, 또 군사를 나누어 옆의 현을 약탈하였다.

南陽府使尹公棨 自其祖 校理暹有忠義大節死國事褒贈

남양부사 윤계(1583~1636)가 그 조부 교리 윤섬(尹暹, 1561~1592) 때부터 충의(忠義)의 대절(大節)이 있어 나라 일에 죽었으므로 포증(褒贈)되었다.

公雖玅歲蜚英出入華要 然其心常在王室 惟以盡忠報國自期 人亦以此期之

공은 비록 젊은 나이였지만 뛰어난 지혜로 좋은 요직에 출입하였다. 그러나 그 마음은 항상 왕실에 있어 오직 충성을 다하여 나라에 보답할 것을 기약하므로 사람들도 이것으로 기대하였었다.

二十八日 賊兵猝至 時公以事 適湖西之報恩 聞變疾歸歸 才三日矣 招集軍兵
戰具未備軍遂潰 公庭下對立二旗 廳上拱手坐 不動如山 賊執之

迫令跪

公罵曰頭可截膝不可屈 欲驅劫以去 復罵曰死不汝從胡 不速殺
賊愈怒遂亂下戈 鋌身無寸膚而 罵益不絶 賊乃斷裂其舌 縣吏
金澤 洪彦仁 洪信 官奴 命吉 家僕 鳳伊 皆與公同死 軍官 宋後
璟斫頸 未及喉不死
家僕之得免者 走告於點船官李行進 行進使人收公屍斂而埋之

28일에 적병이 갑자기 쇄도(殺到)하였다. 이때에 공은 일 때문
에 호서의 보은(報恩)에 가 있다가 변란의 소식을 듣고 빨리 돌
아온 지 겨우 3일만에 군병을 불러모았으나, 전투 도구가 갖추
어지지 않아 군사가 마침내 궤멸되었다. 그러자 공이 뜰 아래
두 개의 깃발을 마주 세워놓고 청상(廳上)에 팔짱을 끼고 앉아
산처럼 움직이지 않으므로 적이 공을 잡아서 무릎을 꿇으라고
다그치자 공이 꾸짖기를, "머리가 잘릴지언정 무릎은 구부릴
수 없다" 하였다. 다시 결박하여 몰고 가려 하니, 이어 꾸짖기
를, 죽을지언정 너희를 따르지 않겠다. 왜 빨리 죽이지 않느
냐"고 하였다.
적이 더욱 성이 나서 마침내 창을 어지럽게 휘둘러 몸에 살 한
점도 없이 만들었으나 꾸짖는 소리가 더욱 끊이지 않으므로,
적이 그의 혀를 잘라 버렸다.

현리(縣吏) 김택 홍언인, 홍신과 관노(官奴) 명길과 가복(家僕) 봉이도 다 공과 함께 죽었다. 군관(軍官) 송후경은 칼에 목을 맞았으나 목줄기에 미치지 않아서 죽지 않았다. 가복 중에 죽지 않은 자가 달려가 점선관(點船官) 이행진에게 알렸다. 이에 이행진이 사람을 시켜 공의 시신을 수습하여 염해서 묻어 주었다.

公字信伯南原人 世爲名族至 其祖尤顯 弟集在玉堂 常言媾虜非義 南漢圍急拘詣虜 與洪翼漢吳達濟亦不屈皆死之 公孝友篤至 家行無不備立

공의 자는 신백(信伯)이요, 남원인으로 세상에 명족(名族)으로 알려졌는데, 그의 할아버지 때에 와서 더욱 현달하였다. 아우 윤집(尹集, 1606~1637)은 옥당에 있었는데, 일찍이 오랑캐와 화친하는 것은 의가 아니라고 말하였으므로 남한산성이 적의 포위가 급박해지자, 구금되어 오랑캐에게 끌려갔다가 홍익한(1586~1637), 오달제(1609~1637)와 함께 굴복하지 않고 모두 죽임을 당하였다.
공은 효성과 우애가 도탑고 지극하여 가정에서의 행실이 갖추어지지 않음이 없었다.(*孝자는 판독불가하나, 뜻에 따라 필자가 넣었음)

朝惟恬靜自守 無進取心 其忠誠懇至 自湖西歸瞻望行朝 對衆大
哭 又念膳宰冷落橐珍羞募人奠達 行朝凡三往三返 自是口不入
魚肉 死時年三十四

벼슬할 때는 오직 평온하고 조용한 마음으로 스스로를 지켰고
진취하려는 마음이 없었으니, 그의 충성된 마음이 간절하고
지극하였다. 공은 호서에서 돌아와 행조(行朝, 인조가 몽진한 남
한산성을 가리킴)를 바라보고 무리들을 향하여 크게 통곡하였
다. 그리고 선재(膳宰, 임금의 어선을 맡은 관리)가 아무런 준비가
없을 것을 염려하여, 진수(珍羞)를 꾸려서 사람을 뽑아서 행조
에 진달할 것을 기도하였으나, 무릇 세 번 갔다가 세 번 되돌아
오자, 이때부터는 입에 어육을 대지 않았다. 죽을 때의 나이는
34세였다.

淸陰金文正公譔 墓碣 歎其死已久而猶不爲主知 孝宗大王元年
李行進爲承旨 詳奏其所覩記 上曰予亦聞之矣 昔顏杲卿罵賊 曰
臊羯狗何不速殺我 今棨亦然矣 又曰一家三忠尤可貴也遂

청음 김 문정공(文正公, 金尙憲, 1579~1623)이 묘갈문을 지으
면서 그가 죽은 지 이미 오래 되었으나 오히려 임금에게 알려

지지 못한 것을 탄식하였다. 효종대왕 원년(1650)에 이행진이 승지가 되어, 보고 기록한 것을 자세히 주달하니, 상이 이르기를, '나도 그에 대해서 들었다. 옛날에 안고경이 적을 꾸짖기를 '조갈구야, 어찌 빨리 나를 죽이지 않느냐' 하였는데, 지금 윤계도 그러하였다' 하였다. 또 이르기를, "한 가문에 세 충신이 있는 것은 더욱 귀한 일이다" 하였다.

贈吏曹叅判旌表其門 錄用其子以明 今上八年 閔候蓍重來視篆 大治諸葛公胡先生廟而侑以公 又上疏言曰 金澤後璟等 亦不可 使泯沒 上命除後璟職 金澤以下五人贈職復役 噫褒崇之典 無復 遺憾矣旣 又邑人思公義不忍忘也 乃立石於府治之中 而來請文 以爲記

드디어 이조참판을 증직시켜 그 문에 정표(旌表)하고 그의 아들 윤이명(尹以明)을 녹용(錄用)하였다. 그리고 금상(현종) 8년 (1667)에 민시중(閔蓍重)이 이곳의 군수로 와서 제갈량(諸葛亮)과 호안국(胡安國)의 사당을 크게 수리하여 공을 배향시키고, 또 상소하기를, "김택과 송후경 등에 대해서도 그 공로가 묻히게 해서는 안 됩니다" 하였다. 상이 명하여 송후경에게 관직을 제수하고, 김택 이하 5인에게는 증직하고 자손에게는 부역을

면제해 주었다. 아, 포숭하는 예전(禮典)에 다시 유감이 없게 되었다. 그리고 읍인(邑人)들도 공의 충의를 차마 잊지 못하고, 곧 본부의 중앙에 비석을 세우고 나서 글을 청하여 기록하려 하였다.

竊惟忠義之性得於天而 有於身自聖賢以至路人一也 然而物欲蔽於內 利害惻於外
則能不喪而全之者鮮矣 惟公所學旣正所養旣深 其所成就如此 其卓卓以樹風聲於無窮 其有功於世道民彝也何可量 哉其吏傔僕夫固有均賦之 不昧者而亦感於所育者乎

그윽이 생각하건대, 충의(忠義)로운 성품을 하늘에서 얻어 몸에 소유하고 있는 것은 성현이나 길가는 사람이나 일반이지만, 마음 속에는 물욕이 가리우고 밖에서는 이해가 겁박하므로, 이 마음을 상실하지 않고 온전히 유지하는 자는 드물다. 오직 공만은 배운 바가 바르고 수양한 바가 깊어서, 그 성취한 것이 이와 같이 탁월하여 풍성을 무궁한 데에 세웠다. 세도(世道)와 민이(民彝)에 끼친 공을 어찌 다 헤아릴 수 있겠으며, 그 아전 관노와 노복까지도 본래 균일하게 부여 받은 밝은 천성을

보유한 데다가, 길러준 이에게 감복한 것이야 더 말해서 무엇
하랴.

諸臣之陳請二聖之崇報 亦可謂急先務而 邑人之追慕也 亦所謂
不期然而然 無所爲而爲者矣 嗚呼可尙也夫 後三十三年 戊申
長至日

신하들의 진청(陳請)과 이성(二聖 孝宗과 顯宗)의 숭보(崇報)도
급선무라 하겠지만 읍인(邑人)들의 추모야말로 이른바, '그렇
게 되기를 바라지 않았는데 그렇게 되고, 하도록 한 일도 없는
데 그렇게 했다는 것' 이니 아, 가상한 일이다.

후 33년 무신년(현종 9, 1668) 장지일

*장지일은 24절기 열 번째 절기인 하지일(夏至日)을 말함. 양력 6월 21일이나, 22일이 됨.

송홍만 제16시집

그 있는 것,
그 있는 줄로 알고 있는 것까지도

·

지은이 / 송홍만
발행인 / 김재엽
발행처 / **한누리미디어**
디자인 / 지선숙

·

121-840, 서울시 마포구 잔다리로 35 서원빌딩 2층
전화 / (02)379-4514, 379-4519
Fax / (02)379-4516
E-mail/hannury2003@hanmail.net

·

신고번호 / 제300-2006-61호
등록일 / 1993. 11. 4

·

초판발행일 / 2012년 10월 30일

© 2012 송홍만 Printed in KOREA

값 8,000원

·

※잘못된 책은 바꿔드립니다.

·

ISBN 978-89-7969-434-5   03810